Andere Zeiten - Andere Menschen

Der Autor

Volker Schopf, wurde 1958 in Gerlingen bei Stuttgart geboren. Nach Schule und Ausbildung lebt er heute im nördlichen Schwarzwald.
Bisher veröffentlichte er erzählende Prosa, Theaterstücke und drei Fachbücher.
Außerdem ist er Naturforscher und setzt sich seit 30 Jahren mit den neuesten wissenschaftlichen Theorien auseinander und er ist der Überzeugung, dass wir in einer Übergangszeit leben, wie er in seinen Fachbüchern 'Über den Kosmos' darlegte.

Volker Schopf

Andere Zeiten - Andere Menschen

Roman

©2016 Volker Schopf

Titelbild mit freundlicher Genehmigung von Andreas Mattern.

Herstellung und Verlag:
BoD - Books on Demand, Norderstedt

ISBN: 9783741210105

Für Heidi

Eins

Die Straße nach Nachtkirchen ist holprig und wird von alten Platanen gesäumt. Wer kein Auto besitzt, muss mit dem Zug bis Naumburg fahren und dort in den Bus umsteigen oder er ruft ein Taxi. Trotzdem bleibt es eine unangenehme Sache, weil die Straße selbst neuen Autos zusetzt. Es ist ein einsamer Landstrich, weite Felder, durchzogen von grünen Wiesen, an deren Rändern Buschrosen blühen. Im Herbst regt sich hier an manchen Tagen nichts außer dem Nebel, der das morastige Land unter sich begräbt wie Erde die Verstorbenen. Die Straße, die in den Ort hineinführt, zerschneidet ihn in zwei Hälften, eine linke und eine rechte oder wie der alte Frank Bode zu sagen pflegte: in die Großkopferten und die anderen. Wie er zu seiner Meinung gelangt war, ist bis heute umstritten und Frank Bode selbst schwieg sich darüber beharrlich aus. Vielleicht wurzelte der Grund in dem Streit, den er sein halbes Leben lang mit dem Bauunternehmer Volker Wachutke führte und der erst mit Frank Bodes Schlaganfall endete. Anscheinend ging es um ein Stück Land, so richtig wusste es niemand im Ort zu sagen und vermutlich wären sämtliche Beteiligten der Sache längst überdrüssig geworden, hätte sie nicht hin und wieder die Eintönigkeit des Alltäglichen durchbrochen.

Es versprach ein glühend heißer Tag zu werden, als Hans Kümmelkorn und seine Frau Petra die letzten Kilometer in Angriff nahmen. Die Räder rumpelten über die Straße, schlugen hart in Schlaglöcher der leicht abfallenden Straße nach Nachtkirchen. Zerquetschte Insekten verschmierten die Windschutzscheibe, erinnerten Hans an die Bilder von Jürgen Groß, der mit einer Gummischleuder Farbkugeln auf Leinwände schoss, damit nicht nur seine unterdrückten und unbewussten Triebe, Wünsche und Hoffnungen zum Ausdruck brachte, wie er jedem Interessierten bereitwillig erklärte, sondern die Urkraft der Psyche selbst. Dann folgte ein längerer Monolog über Jung, Archetypen und Formen, die es zu füllen gelte, und dies sei es, was er im Grunde tue, indem er dem Unaussprechlichen als Werkzeug diene.

Petra regelte die Klimaanlage auf die höchste Stufe.

"Die Hitze ist unerträglich", jammerte sie und fächerte sich mit der Modezeitschrift kühle Luft ins Gesicht.

"Wir sind ja bald da", sagte Hans, den Blick starr geradeaus auf die Straße gerichtet. "An der Kreuzung vorher waren es noch zehn Kilometer." Petra schwieg, schluckte für den Augenblick ihren Unmut über die Reise hinunter und dachte: 'Weshalb bin ich mitgefahren? Weil ich gelaubt habe, dass Hans es erwartete oder weil ich wieder nicht nein sagen konnte? Verdammte Hitze!'

Im Rückspiegel tauchte der Lieferwagen von Holger Merz auf, der drei Mal in der Woche Mutter Hansens Laden belieferte. Bis vor zwei Jahren musste er die Tour täglich bewältigen, doch seit Mutter Hansen den Backautomaten für Brötchen und Brezeln hatte, stapelte er lediglich die Bleche mit den Teiglingen in den Kühlschrank, der die Hälfte ihrer Küche einnahm und den Stromzähler richtig in Schwung brachte. Holger Merz überholte den klapprigen Golf von Hans, touchierte dabei fast den Außenspiegel, als ihn ein Schlagloch nach rechts warf, ehe er vorbei und wenige Meter vor Bauer Stübers knarrendem Traktor einscherte, der vom Feld wie aus dem Nichts aufgetaucht war. Bauer Stüber, der die Mütze tief ins Gesicht gezogen hatte, grüßte Holger Merz und schob seinen ausgebrannten Zigarrenstummel von einer Seite des Mundes zur anderen.

Ein Werbeschild von McDonald´s tauchte auf, das Hans sagte, wenn er in zwei Minuten rechts abbog und sechs Kilometer in diese Richtung fuhr, er im Industriegebiet neben Möbel Heinrich den dicksten Hamburger aller Zeiten essen könne.

"Die gibt es wohl überall," bemerkte Hans und blickte aus den Augenwinkeln zu Petra hinüber, die gelangweilt gähnte.

"Was ist mit überall?", fragte sie benommen. "Ich denke gerade an Mutter. Sie ist auf dem Land aufgewachsen … Ach, ist ja egal."

"McDonald´s", erklärte er ihr. "Hast du das Schild nicht gesehen?"

"Nein", antwortete Petra und veränderte ihre Position. Sie regelte die Klimaanlage von frostig auf normal, weil es mittlerweile empfindlich kalt geworden war.

"Dort vorne, das müsste Nachtkirchen sein", sagte Hans und tatsächlich tauchten zwischen den Bäumen die ersten Häuser auf.

Nachtkirchen ist kein besonderer Ort und außer der zu Beginn des 12. Jahrhunderts erbauten Kirche, gab es nichts Sehenswertes. Links, keine hundert Meter nach der Ortseinfahrt, befindet sich die Reparaturwerkstatt vom alten Gruber, Traditionsbetrieb seit hundert Jahren, wie der ausgebleichte Zeitungsartikel an der Wand, eingerahmt von Postkarten aus allen Teilen der Welt, im Büro verriet, der die Geschicke der Werkstatt allmählich in jüngere Hände, die seines ältesten Sohnes Manfred legte, während er im Büro saß, mit Kunden redete oder von der Vergangenheit träumte, und ein paar Häuser weiter auf derselben Seite lag der einzige Gasthof des Dorfes, 'Zum Ochsen'. Mutter Hansens Laden, zu dem man drei Stufen hinauf gehen musste, befand sich in der nächsten Seitenstraße und schräg gegenüber wies ein unscheinbares Schild im Fenster mit dem Schriftzug 'Friseur' auf Karl Hübner hin, der seit seiner Entlassung aus dem Staatsdienst der ehemaligen DDR Köpfe statt Menschen in Form brachte. Darunter stand mit rotem Filzstift 'und Schönheitssalon' geschrieben, seit Ilona, seine Tochter, ihre Ausbildung beendet und im frisch renovierten Keller die Frauen des Dorfes nach allen Regeln der Kunst, und mit tatkräftiger Unterstützung der Industrie, zu verschönern suchte.

Das Haus neben dem Gasthof wurde seit der Wende nicht mehr bewohnt und zerfiel mit den Jahren. Die Fenster sind zersprungen, dicke Holzbalken stützen die oberen Stockwerke und ein maroder Balkon neigt sich gefährlich nach unten. Der Dachstuhl wurde durch ein Feuer zerstört, das Jonas, der Enkel vom Gruber, beim verbotenen Rauchen verursacht hatte. Der Brand war schnell gelöscht, trotzdem standen die Gastleute Heider mit bangem Herzen auf der Straße und beteten, dass kein Funke auf ihren Besitz übergreife. Das Beten half. Der Schaden beschränkte sich auf verrußte Stellen der Fassade und einige geplatzte Scheiben im zweiten Stock. Der Polizist aus Naumburg, der die Angelegenheit untersuchte, neigte dazu, es sich mit einem Glas Bier im 'Ochsen' wohl sein zu lassen. Dabei besprach er mit Gruber den Sachverhalt und statt der Anzeige wegen mangelnder Aufsichtspflicht, trug er als Täter 'unbekannt' in das Protokoll ein. Damit war die Sache erledigt.

Die Einwohnerzahl sinkt. Die Jungen gehen fort, sobald sie erwachsen sind und Fremde lassen sich hier selten nieder; schließlich gibt es hier kaum Arbeit. Die Alten verlassen Nachtkirchen nur, wenn sie ihren einsamen Weg antreten, der sie zu der alten Kirche führt, wo windschiefe Grabsteine zwischen Blumen und Unkraut aufragen. Unmittelbar hinter dem Friedhof beginnt der Totenwald; ein Hain, durchzogen von Trampelpfaden und schattigen Plätzen.

Hans parkte vor dem Gasthof. Das Gesicht im Rückspiegel sah müde aus. Die Krähenfüße, das zersauste, seit dem Unglück in den Bergen ergraute Haar verstärkten den Eindruck. Plötzlich fühlte er sich alt, trotz der noch immer sportlichen Figur. Mit seinen ein Meter siebzig war er für einen Mann nicht gerade groß, aber er hatte diesen Umstand nie als Nachteil empfunden, im Gegenteil, es hatte ihn stets angespornt, mindestens zu den zehn Besten zu gehören.

"Was für ein ödes Kaff", sagte Petra, als sie aus dem Auto glitt, den Blick auf die verdreckten Häuserfronten gerichtet.

"Du hättest nicht mitfahren müssen", erwiderte Hans und kämpfte vergeblich mit der in ihm brodelnden Erregung, vom Sturm aufgepeitschten Wellen gleich, die Petras abfällige Bemerkungen in letzter Zeit bei ihm in schöner Regelmäßigkeit auszulösen begannen. Eine Erregung, die nicht nach außen drang, sondern ihn in die unzerschmetterbare innere Abkapselung trieb, wo er Ruhe und den für sein Leben so wichtigen Frieden fand.

"Morgen hätte auch gereicht. Ich verstehe nur nicht, was du hier zwei Tage lang willst?" Petra schlug die Wagentür zu, setzte die Sonnenbrille auf und sah missmutig die Straße hinab.

"Willst du jetzt wieder davon anfangen? Ich habe es dir erklärt, Petra; Recherche für meinen Roman. Mich langweilt die Vorkor Dämonenreihe. Ich will endlich etwas anderes, Anspruchsvolleres schreiben."

Eine Weile später antwortete Petra mit finsterer, nachdenklicher Miene: "Du wolltest, dass ich mitfahre!" Sie wartete auf seine Reaktion. "Jetzt schweigst du wieder. Typisch! Verkriechst dich in dein Schneckenhäuschen. Und alles wegen dieser Beerdigung." Es entstand eine kurze Pause, bis sie hinzufügte: "Hauptsache du hast deinen Willen durchgesetzt."

"Lass uns nicht streiten. Bitte!", sagte er und kaute auf seiner Unterlippe herum. Die Hitze setzte ihm zu. Er verspürte Hunger und wünschte sich nichts sehnlicher als ein wenig Ruhe und Entspannung nach der langen Fahrt.

Petra winkte ab. Sie nahm ihre Handtasche, betrachtete kopfschüttelnd die Überreste des Nachbargebäudes. "Was für ein Kaff", wiederholte sie und wischte sich mit dem Taschentuch den Schweiß von der Stirn.

In dem kastenförmigen Raum standen oder saßen ein paar Männer mit verdreckten Overalls, geröteten Gesichtern und starrten zu den Neuankömmlingen herüber. Das Stimmengewirr der Gespräche riss ab wie ein dünner Faden, der das Gewicht nicht mehr zu tragen vermochte, als sie den Gastraum betraten und zur Theke gingen.

"Was kann ich für die Herrschaften tun?", dröhnte der beleibte Wirt, der sofort herbeieilte und vor ihnen die Hände auf die Theke stützte.

"Wir haben ein Zimmer reserviert", sagte Hans, betrachtete dabei die langen Arme, schwabbelige Fettpolster, bei denen jede Bewegung Erdbeben ähnliche Erschütterungen hervorrief.

"Das haben wir sofort", meinte der Wirt und durchstöberte einige Schubladen an der rückwärtigen Wand. "Else! Wo hast du das Gästebuch?"

"Da, wo es immer liegt, neben dem Telefon", antwortete eine Stimme und nur wenige Sekunden später tauchte eine Frau in mittleren Jahren, mit schmalem Gesicht, Bubikopf und freundlich lächelnden Augen auf. "Entschuldigen Sie, Else Heider", stellte sie sich vor und reichte ihnen die Hand über die Theke. "Aber mein Mann, ohne mich ist er verloren. Hilflos wie ein Kind", sagte sie etwas leiser und grinste breit über das ganze Gesicht.

"Nichts passiert. Wir hatten reserviert. Kümmelkorn."

"Das ruhige Doppelzimmer", ergänzte Else, während sie Petra die Hand schüttelte. "Die 14, Heinz!" Sie boxte ihrem Mann zärtlich in die Seite. "Das Zimmer geht nach hinten raus, zum Hof. Da hören sie nichts von der Straße."

Vereinzelt setzten die Gespräche wieder ein. Hans` Blicke wanderten durch den Raum, der nach Bier, Schweiß und altem Bratfett roch. Landschaftsbilder hingen an den Wänden, eine Fahne des Naumburger Fußballklubs, und auf einem kleinen Regal hinter dem Stammtisch stand ein angelaufener, verstaubter Pokal, den Heinz im Alter von achtzehn Jahren im Kleinkaliberschießen errungen hatte. Von der Decke hingen, wahllos über den Gastraum verteilt, giftige Papierschlangen als Fliegenfänger herunter, sowie vom Zigarettenrauch gebräunte Lampenschirme.

"14", sagte Heinz und knallte den Schlüssel auf die Theke. "Haben Sie Gepäck?", fragte er neugierig, marschierte dann ohne die Antwort abzuwarten davon, weil ein junger Mann nach einem weiteren Bier brüllte.

"Können wir bei Ihnen essen?"

"Setzen Sie sich! Ich bringe Ihnen die Karte, oder wollen Sie zuerst auf Ihr Zimmer?", fragte Else. "Dann zeige ich Ihnen den Weg. Das Haus ist verwinkelt, und wenn man nicht aufpasst, stößt man sich schnell an einem Balken den Kopf an."

"Ich kümmere mich um die Koffer", sagte Hans

und flüchtete nach draußen. Befreit atmete er auf. Die Atmosphäre drückte seine Stimmung, weckte Erinnerungen an die Hütte, Enge, Dunkelheit, Hilflosigkeit und die Todesangst, welche mit jedem Knarren der bis an die Grenzen belasteten Balken tiefer, verletzender in den Körper eindrang, in blindem Schmerz nach dem Herzen tastete.

"Ah!", rief Hans, als er schwerbepackt wieder den Gastraum betrat und Petra in der Ecke sitzend vorfand.

"Lässt mich einfach mit diesen Leuten da stehen", zischelte Petra verärgert. "Wo warst du denn solange?" Sie biss die Zähne aufeinander und sah demonstrativ an ihm vorbei, behandelte ihn wie einen Luftzug, der zufällig ihr Gesicht streifte.

"Ich hab nur ein wenig frische Luft geschnappt", flüsterte er, stellte die Koffer ab und zwängte sich zwischen Lehne und Tisch auf den Stuhl neben ihr. "Die Atmosphäre hier", unternahm er den unnötigen Versuch einer Erklärung, "erinnert an … Du weißt schon."

"Weshalb bist du dann gefahren?", fauchte Petra und fuhr die Krallen aus. "Du hättest einen Kranz schicken können. Aber nein! Du musstest ja unbedingt an der Beerdigung teilnehmen."

Else kam an den Tisch. "Was möchten Sie trinken?"

"Ich nehme ein Mineralwasser", sagte Petra und schlug die Karte auf. "Den gemischten Braten."

"Zwei Mal, bitte."

"Wie ist das Zimmer?", fragte Hans beiläufig, während er die Männer an der Theke musterte. Die Overalls verschmutzt; Öl- und Lackflecken bildeten ein bizarres Muster. Sie nippten gleichzeitig an ihrem Bier, wischten den Schaum von der Oberlippe; ein eingespieltes Team, an der Theke wie bei der Arbeit. Der Linke, grauhaarig, untersetzt, mit schmalem, vom Leben zerfurchtem Gesicht, und der Rechte, einen halben Kopf kleiner, schlank, mit kurzen, strähnigen, hellblonden Haaren, starrten stumpfsinnig auf ihre Gläser. Vater Gruber und sein Sohn Manfred, die seit dem Tod von Grubers Frau vor drei Jahren im 'Ochsen' zu Mittag aßen. Zurzeit war nicht viel los und so dehnten sie ihre Pause, tranken ein Bier mehr als üblich. Außerdem wusste jeder im Ort, wo sie zu finden waren.

"Mineralwasser", sagte Heinz abschätzig, knallte die Gläser auf den Tisch, dass sie überschwappten, und kehrte schnaufend hinter seine Theke zurück, wo er sich am wohlsten fühlte.

Das Scharren eines Stuhls. "Heinz", sagte der Mann im dunklen Jogginganzug und hob die Hand. "Jo, Kurt! Bis dann. Und lass den Deckel zu, wenn die Sybille so übel zugerichtet ist", meinte Heinz, zauberte eine Sorgenfalte auf seine niedere Stirn und trocknete mit der Schürze ein Glas ab. Kurt winkte ab. "Lass mal."

"Vor den Zug geworfen", murmelte der alte Gruber. "So ein junges Ding. Das ganze Leben vor sich." Er schüttelte verständnislos den Kopf.

"Das Unglück muss jetzt eineinhalb Jahre her sein", rechnete Heinz, das Glas im Licht musternd "Hat sie verändert. Kam völlig aus der Bahn das Kind."

"Mach noch zwei Bier", sagte Gruber, nickte zustimmend und stieß seinem Sohn mit dem Ellbogen in die Rippen. "Erzähl doch mal!"

"Wozu?", erwiderte Manfred gedehnt. "Ist längst vergessen, den Bach runter."

"Im Februar, bei Lisas Geburtstag, war schon Nacht, als sie klingelte …"

"Hör doch auf, Vater", murrte Manfred. "Interessiert niemand. War doch nichts."

"Ihr Wagen springe nicht an, meinte sie, und fingerte dauernd an ihren Haaren rum. Ob ich nicht nachsehen könne. Morgen, sagte ich und wollte gerade die Tür schließen, da sagt Manfred über meinen Rücken hinweg, dass sie warten soll."

"Jetzt lass doch!", protestierte Manfred und nahm einen kräftigen Schluck.

"Mit dem Wagen war alles in bester Ordnung. Mein Junge drehte den Schlüssel und zack surrte er wie eine Nähmaschine. Die Sybille lächelte, zog ihren Rock hoch – nichts drunter – und begann an meinem Jungen rumzufummeln …"

"Vater, lass gut sein. Die Sybille war betrunken."

"Die Katastrophe in den Bergen war ein Unglück für sie", meinte Heinz erneut und nickte wie zur Unterstützung seiner Behauptung.

Der Geruch von Bratkartoffeln zog durch den Raum. Hans verspürte plötzlich wieder Hunger, der durch das Gespräch über Sybille kurzzeitig in den Hintergrund getreten war.

'Die Eris hat das besser verkraftet', fügte Heinz in Gedanken hinzu, während er sich selbst ein Bier zapfte. 'Hat was gemacht aus ihrem Leben. Merkwürdig, wie das Schicksal so spielt.'

"Du kennst die Eris doch gut." Gruber stieß seinen Sohn erneut in die Seite. "Sag doch mal was. Jedes

Wort muss ich dem Jungen aus der Nase ziehen. Das kommt nur von den Spielen; das ewige Rumballern. Jede freie Minute hockt er vor dem Ding, anstatt dass er mal rausgeht. Sei froh, dass du keinen Krieg mitgemacht hast … Aber was rede ich", schimpfte der alte Gruber resignierend.

"Gibt nichts zu sagen, Vater. Seit sie wieder hier ist, hab ich sie drei oder vier Mal gesehen. Weiß nur, dass sie bei Wachutke arbeitet. Buchhaltung oder so was", gab Manfred widerwillig preis und verschanzte sich hinter seinem Bier.

"Was starrst du so auffällig dort hinüber?", fragte Petra und rüttelte ihn am Arm.

"Nichts! Ich war in Gedanken versunken. Wie ist das Zimmer?", wiederholte Hans und wandte ihr den Kopf zu.

"Hörst du mir überhaupt zu?"

"Entschuldige", sagte er und massierte sein Bein, das eingeschlafen war, weil es zu lange in einer Stellung geblieben war und jetzt kribbelte.

"Es ist winzig, aber zumindest sauber. Nur der Weg dorthin", sie musste unwillkürlich lachen, "ein Labyrinth ist nichts dagegen. Ich hätte Brotkrümel streuen oder eine Schnur spannen sollen."

"Lasst es euch wohl sein", sagte Else, stellte das Essen vor sie hin und schenkte beiden ein Lächeln.

"Danke", sagten Petra und Hans gleichzeitig.

"Was ist?", fragte er kauend. "Schmeckt doch sehr gut."

"Die Soße ist aus der Packung, das Fleisch zäh und die Kartoffeln schwimmen im Fett", konstatierte sie und blickte angewidert auf. "Mir reicht es!"

"Jetzt sei doch …", sagte er vorwurfsvoll und rollte unruhig mit den Augen, weil ihm keine passende Erwiderung einfiel. Seufzend blickte Hans sich um. Der Wirt polierte weiter seine Gläser, Gruber und Sohn hingen dumpf brütend über ihrem Bier und die drei Männer im hinteren Teil aßen schweigsam und nur ab und zu unterbrach ein Rülpsen die plötzlich eingetretene Stille.

Hans schob mit der letzten Kartoffelscheibe die restliche Soße in der Mitte des Tellers zusammen, tunkte sie ein und …

"Willst du den Teller nicht ablecken?", sagte Petra gereizt und entpuppte sich wieder mal als absolutes Scheusal. "Hier, Sohn!", äffte sie Hans` Vater nach, nahm seinen Teller und stellte ihren an dessen Stelle. "Iss, damit du etwas wirst. Nichts bist du schon lange." Sie stand auf. Ihre Augen funkelten angriffslustig. "Ich gehe spazieren!"

Hans sah ihr nach, bis sie zur Tür hinaus war. Die Stille im Raum wurde unerträglich, verzerrte seine Wahrnehmung, und wenn er die Gäste bisher wie ein Fotograf betrachtet und in seinen Gedanken abgebildet hatte, so änderte sich das jetzt; er sah, was er fühlte. Ihre Gesichter, sämtlich ihm zugewandt, höhnten im Chor: 'Die Alte tanzt dir schön auf der Nase herum!' Gruber prustete amüsiert los, stieß Manfred den Ellbogen in die Rippen und rief in überschäumender Heiterkeit: 'Dass du mir nicht so eine Fuchtel von Frau heimbringst, Junge!' 'Die rasiert sich bestimmt jeden Tag', warf jemand vom hinteren Tisch in das allgemeine Gelächter.

"War es nicht nach Ihrem Geschmack?", fragte

Else und deutete mit dem Kinn auf seinen Teller.

"Wie?", erwiderte Hans mechanisch, kniff die Augen zusammen und vertrieb den Spuk. "Doch ... doch. Es war ausgezeichnet, nur meine Frau ist keine große Esserin", entschuldigte er Petras Verhalten, tupfte sich mit der Serviette den Mund ab, wobei er geschickt ihrem Blick auswich.

Zwei

Als Hans auf die Straße trat, flirrte die Luft. Die Hitze war unmenschlich. Zwei Krähen stritten über ihm, flogen krächzend auf. Während er die Straße überquerte, verließen Gruber und Sohn den 'Ochsen' und blickten ihm nach.

"Bei dem habe ich ein ungutes Gefühl", sagte Gruber geheimnisvoll, zog die Mütze tiefer ins Gesicht. "Ein ganz ungutes." Damit gingen sie davon. Er dachte plötzlich an Marga, seine verstorbene Frau, wie sie letzten Herbst von dem Lastwagen angefahren und so schwer verletzt worden war, dass sie eine Woche später im Krankenhaus in Naumburg gestorben war. Zu Bewusstsein war sie nicht mehr gekommen. Die ganze Zeit hat er ihre Hand gehalten und geschluchzt wie ein kleines Kind, das zu Weihnachten nicht das erhoffte Geschenk bekommen hatte. 'So zerbrechlich sah sie aus, meine Marga', berichtete er damals den Freunden, die Stimme brüchig und der Blick trübe. 'So klein und hilflos inmitten der ganzen Geräte.' Seither plagen ihn Albträume, in denen er von blinkenden Geräten verfolgt und durch aus Computern erbaute Städte gejagt wird. Schläuche greifen nach ihm, ein Piepsen dringt schmerzvoll in sein Gehirn, wobei grüne Punkte wie Polizeihunde seine Spur aufnehmen. Er rennt direkt auf eine Regenwand zu, spürt die Verfolger im Nacken und schlägt einen Haken. Die Welt, funken seine Synapsen in Form von grünen Diagrammen, ist ein fürchterlicher Ort. Gebirge verwittern, Seen gefrieren, Leben verfault; Menschen sterben nach Unfällen und Kinder und Narren sprechen öfter die Wahrheit als die meisten Menschen. Herzen bluten und vernarben und während Marga stirbt, wächst überall Neues; von einer Sekunde zur anderen verändert sich alles, nur die Liebe und die Trauer sprießen stets neu. Gruber kauert unter einem Tisch. Plötzlich einsetzender Regen zerstört die Stille. Der Wind pfeift, wirft Türen auf und zu und – er ahnt ihn mehr, als dass er ihn sieht – taucht einer seiner Verfolger den Raum in ein gespenstisches Licht. Grüne Punkte, sabbernde Bluthunde, zerren an seinen Händen und Füßen; dann wacht er gewöhnlich auf. Schweißgebadet. Der Schlafanzug klebt ihm am Körper. 'Nachts Albträume und tagsüber seltsame Ahnungen', fluchte er in Gedanken. 'Im Februar, als Sybille klingelte und ich die Tür öffnete, da hatte ich es gewusst. So wie jetzt bei diesem Fremden.'

"Lass mal, Vater. Der ist in Ordnung", sagte Manfred bedächtig und vergrub die Hände in den Taschen. "Ganz ungut", wiederholte Gruber gedankenversunken.

Hans folgte der Straße. Die Häuser waren hier so eng aneinander gebaut, dass die Ruinen dazwischen wie Wunden wirkten. 'Vorsicht', las er auf einem gelben Schild, 'bitte benutzen Sie den Gehweg auf der anderen Straßenseite'. Er blickte nach oben. Im zweiten Stock fehlten Teile der Hauswand. Waschbecken, vergilbte Bilder und zerborstene Kacheln. Hans dachte: 'Wer weiß, wie lange das Haus dem Zerfall noch trotzt, die Erinnerungen an früher bewahrt?'

An der nächsten Seitenstraße bog er ab, hielt auf den zwischen den Häusern aufragenden Kirchturm zu, der eigentlich ein Wehrturm war. Hinter dem trutzigen Bau lag der Friedhof, eingesäumt von einer Mauer, die ebenso alt und baufällig wie der gesamte Ort war.

Alte Bäume umstanden wie Wachsoldaten die Gräber, schiefe Kreuze, verwitterte Steine, die Namen eingemeißelt und kaum mehr lesbar. Hans entdeckte zwei Arbeiter, die auf der einzigen Bank saßen und schweigsam ihre Brote aßen. Sie sahen kurz auf, als er den Friedhof betrat, erwiderten nickend seinen Gruß, und als er zu dem frisch ausgehobenen Grab ging, fühlte er ihre Blicke im Rücken.

'Sybille', dachte Hans, während er in das von zwei Erdhügeln flankierte Loch starrte. Plötzlich überfiel ihn Schwindel, nicht zum ersten Mal seit dem Unglück, und er fühlte, wie die Beklemmung anwuchs, ihn zu überwältigen drohte. Der Schweiß brach ihm aus sämtlichen Poren, als er ihren Namen wiederholte: 'Sybille.' Sie rieb sich die Nase, betrachtete ihn aus weit aufgerissenen und flehenden Augen. 'Wir werden doch nicht', würgte sie mit brüchiger Stimme hervor und zuckte wie unter einem Peitschenhieb zusammen, als die Last des Schnees dem Gebälk ein Stöhnen entrang. 'Nein', hörte Hans sich antworten, wobei er seiner Stimme einen festen, überzeugenden Klang zu geben versuchte. 'Sie werden uns finden. Ganz bestimmt.' Sybille senkte den Kopf, zupfte nervös an ihrem Taschentuch. 'Gerade jetzt!' Sie lachte hysterisch auf und fügte hinzu: 'Die Herausforderung in Bremen ... Belohnung für Jahre unermüdlichen Einsatzes.' Sie sprach jetzt mit sich selbst, beklagte ihr Schicksal, die Ungerechtigkeit des Lebens, und dass ihr plötzlich alles so sinnlos, so leer vorkäme und sie nicht mehr verstehen könne, weshalb sie ihr Leben so bedingungslos dem Wohl der Firma geopfert hätte. 'Verheiratet war ich mit ihr', sagte sie und starrte aus geröteten Augen zu ihm auf, 'und das ist der Dank. Begraben unter Schneemassen. Welche Ironie!' Hans blinzelte, wandte den Blick nach rechts, dann verwundert nach links, stets hatte er dasselbe Bild vor Augen: das dunkle Loch, dieses gefräßige Untier, das wie der Sandmann jeden Menschen in den Schlaf bettete.

Einer der Arbeiter packte Hans mit herzhaft kameradschaftlichem Griff an der Schulter. "Passen Sie auf", sagte er in gutturalem Ton und grinste breit über sein sommersprossiges Gesicht. "Kommen noch früh genug in den Genuss", meinte sein Kollege, die Schaufel, in James-Dean-Pose, lässig über der Schulter, während das dünne Habichtgesicht Hans von oben bis unten musterte. "Sind Sie zur Beerdigung gekommen?", fragte der Sommersprossige und nahm, nachdem er einen Schritt zurückgetreten war, die Hand von seiner Schulter.

"Sybille Erdmann."

"Ja. Traurige Sache. Hätte meine Tochter sein können. Kannten Sie die Verstorbene?"

"Flüchtig", antwortete Hans, dem die Anwesenheit der beiden auf die Nerven ging. Zum Glück sagte das Habichtgesicht: "So, aber wir müssen wieder", und gab ihm damit Gelegenheit, sich zu verabschieden.

Am Eingang traf er Eris.

"Hi!", rief sie überrascht und zog einen Schmollmund. "Du hier? Ohne dass ich davon weiß!" Sie schlang die Arme um seinen Hals, küsste ihn rechts und links auf die Wange, musterte kritisch sein Gesicht, indem sie ihre Augen zu Schlitzen verengte. "Du siehst müde aus", meinte sie und zauberte eine Sorgenfalte auf ihre Stirn.

Hans umfasste sie an der Taille. "Was ist mit deinem Haar?", fragte er irritiert.

"Gefällt es dir nicht?", antwortete Eris und drehte kokett ihren Kopf hin und her. "Ist viel praktischer. Und du? Wann bist du in Nachtkirchen angekommen?"

"Vor einer Stunde."

"Schön", sagte sie, "aber ich habe leider keine Zeit. Der Pfarrer, es ist wegen der Rede für morgen. Vater wollte nicht und Mutter, die heult sich seit Tagen die Augen aus. Ein einziges Häuflein Elend. 'Warum?', fragt sie mich alle paar Minuten. 'Du musst es doch wissen, sie war doch deine Schwester.' Soll ich ihr die Wahrheit erzählen? Die erfährt sie früh genug. Spätestens seit ihrem Auftritt bei Mutters Geburtstag ahnt das Dorf ihre Lebensgeschichte." Eris seufzte und schälte sich aus seinem Griff. "Was machst du später?" Als Hans überlegte, meinte sie: "Dann komm zu uns zum Kaffee. Dein Besuch wird Mutter auf andere Gedanken bringen, hoffe ich."

"Bist du dir sicher, dass das eine gute Idee ist? Ich meine …"

"Papperlapapp!", unterbrach Eris ihn und würgte damit jeden weiteren Einwand ab. "Ich zähl auf dich!", rief sie ihm über die Schulter zu.

Hans sah ihr nach. Eris war klein, höchstens einen Meter sechzig, verfügte über einen muskulösen Körper, den sie dreimal pro Woche im Fitnessstudio bis an die Grenzen malträtierte, und über einen eigenen Kopf. 'Hat keinen Sinn, vernünftig mit ihr zu reden', hörte er Sybille sagen, als Eris Alois mit allen Mitteln zu verführen versuchte. Damals reichte ihr Haar noch bis zur Hüfte und es verlieh ihrem Gesicht jene Blässe, die Männer wie Licht die Motten anzog. Dazu rehbraune Augen, die schmale, leicht nach unten gebogene Nase und ein Mund, der alles versprach, außer echter Liebe. Sie konnte die Männer verrückt machen, sie so in ihren Bann ziehen, dass sie alles vergaßen, Frau, Kinder, Beruf, und nur eines wollten: ihren Körper besitzen. Alles wollten sie in diesen Augenblicken für eine gemeinsame Zukunft aufgeben und in ihrer Verblendung interpretierten sie ihr Lachen als Zustimmung und ihre spitzen Schreie, wenn sie sich dem Höhepunkt näherte, als Glockengeläut, das ihren Eintritt ins Paradies begleitete. Hans blickte ihr nach, bis sie das kleine Backsteinhaus am Ende des Friedhofs erreichte.

Jetzt ins Gasthaus gehen, wo Petra unter Umständen auf ihn wartete, erschien Hans unmöglich. Die Bank am Seiteneingang der Kirche versprach Ruhe. Er setzte sich, breitete die Arme aus, legte den Kopf zurück und schloss die Augen. Die Sonne brannte auf sein Gesicht, trieb ihm Schweißperlen auf die Stirn, die herab liefen, am Kinn hängen blieben. Müdigkeit ergriff ihn und bereitwillig ließ er sich von ihr davon tragen. Der Kopf wurde leicht wie ein Luftballon, schwebte davon, von unsichtbaren Winden getragen, leise wie der Flügelschlag von Fledermäusen.

Es herrschte dichtes Schneetreiben. Hans öffnete den Kofferraum, nahm den Koffer, den der livrierte Lehrling getragen hatte, und legte ihn auf eine Anzahl Kartons, die seinen neuesten Roman: 'Tanz der Dämonen' enthielten. Die Lesung war mäßig besucht und der Verkauf schlecht. Fünf Bücher signiert mit Widmungen wie: Für meinen Goldkäfer, einfach nur Jürgen und den Besten aller Väter.
"Danke", sagte der Junge und zog geräuschvoll die Nase hoch. "Wird keine angenehme Fahrt. Viel Glück", verabschiedete er sich mit ehrlicher Besorgnis und huschte in die warme Geborgenheit des Hotels zurück. Hans startete den Wagen. Sils, zwölf Kilometer, sagte das Schild an der Kreuzung, als er schlingernd abbog. "Scheiße!", fluchte er, entnervt vom schlechten Besuch der Lesung, den chaotischen Wetterverhältnissen, dem hektischen Hin und Her des Scheibenwischers, den die ungeheuren Schneemassen überforderten und der kaum mehr als ein Guckloch schuf. Die Welt war in milchiges

Weiß getaucht und er, mutterseelenallein, umklammerte das Lenkrad so fest, dass die Knöchel hervortraten, während er wie im Fieber auf die Straße, das weiße Band vor sich starrte. Wie in Zeitlupe rollte er im zweiten Gang die leicht abschüssige Straße hinab, bremste mit dem Motor, indem er beständig mit der Kupplung spielte.

'Lauter, bitte!', hörte er die alte Dame in der ersten Reihe rufen, die eher die Langeweile als wirkliches Interesse an seinem Buch in den winzigen Raum im Kellergeschoss geführt hatte. 'Keine Sorge, Herr Morgan', sagte Winterbacher, der örtliche Buchhändler, 'wir werden schon für ein stilvolles Ambiente sorgen.' Und wie um Hans zusätzlich zu beruhigen: 'Es liegen bereits vier Reservierungen vor.'

Im Schritttempo bog er in die Via Maistra ab. Der Mann gestikulierte wild, während er den Koffer abstellte, den er hinter sich herzog. Hans bremste, rutschte quer zur Straße und kam zum Stehen. Der Fremde klopfte an die Scheibe, öffnete die Tür und ein Schwall eisiger Luft drang wie ein Sondereinsatzkommando herein.

"Kleber", stellte er sich vor, nachdem er sich von dem Wollschal, der mehrmals um seinen Kopf gewickelt war, befreit hatte. "Nestor Kleber. Können Sie mich mitnehmen? Mein Wagen steckt in einer Schneewehe fest." Weiße Wölkchen stiegen von seinen dünnen Lippen auf, zart und zerbrechlich wie die filigranen Flügel einer Elfe. Seine Augen tränten.

"Sils", sagte Hans mürrisch.

"Das passt", meinte Nestor, klappte den Sitz vor und wuchtete seinen Koffer, der sich als Holzkiste entpuppte, die mit bunten Städteaufklebern bepflastert war, auf den Rücksitz. Wien, Zürich, Stuttgart, Hansestadt Hamburg, konnte Hans lesen, bevor Nestor sich auf den Beifahrersitz plumpsen ließ und die Tür zuknallte. "Waldhaus?", fragte Nestor neugierig, seine blau gefrorenen Finger anhauchend. "Gebe dort ein Gastspiel. Und Sie? Urlaub? Oder was treibt Sie zu später Stunde in dieses Sauwetter hinaus?"

"Lesung", antwortete Hans und fügte hinzu: H. G. Morgan, eigentlich Hans Kümmelkorn. Von hier?"

"Gott bewahre. Ich bin kein Freund der Berge. Gastspiel", sagte Nestor und fügte erklärend hinzu: "Jedes zweite Jahr. Freundschaftsdienst."

"Zauberer?", wollte Hans mit einem Seitenblick auf die Kiste wissen.

"Nein!" Nestor lachte hoch und abgehackt. "Puppenspieler. Anton und sein Ensemble?" Er schüttelte fragend den Kopf. "Nie gehört? Anton! Der alte Mann im Garten? In den dritten Programmen? Nein?", bemerkte er enttäuscht und zog wie ein störrisches Kind eine Schnute. "Und Sie? Krimis? Sind ja gerade unheimlich in. Stieg Larsson und so?"

"Vorkor Reihe. Tanz der Dämonen", antwortete Hans, beugte sich zu Nestor hinüber und klappte das Handschuhfach auf. "Müsste noch ein Exemplar drin sein."

"Ssss", zischte Nestor zwischen zusammengebissenen Zähnen. Schweigen breitete sich aus. Nestors Wangen färbten sich rot. Er zog die Mütze vom Kopf, entblößte ein nahezu abgeerntetes Feld silbergrauer Haare, die ihn, ähnlich Heiligenscheinen bei Engeln oder dem Lorbeerkranz verdienter Sportler in der Antike, umkränzten.

Die Schneeflocken hatten sich mittlerweile zu einer undurchdringlichen, das Scheinwerferlicht grell reflektierenden weißen Wand verdichtet, auf der Vögel hätten sitzen können. Jeder Meter wurde zum Glücksspiel. Den Oberkörper bis zum Lenkrad vorgebeugt, starrte Hans nach draußen. Die Straße war ebenso verschwunden wie die übrige Welt. Windböen heulten über den Wagen, pfiffen durch sämtliche Ritzen und zermahlten Hans Nerven zu feinem Pulver, das gleich scharfem Pfeffer seinen Körper entzündete.

"Wir sollten anhalten", schlug Hans vor. "Bis das Schlimmste vorüber ist."

"Wo sind wir überhaupt?", fragte Nestor gedehnt, müde von der wohligen Wärme seines Körpers, und rieb mit dem Ärmel über die Scheibe, als könne er damit das Schneetreiben draußen wegwischen. "Ich kann nichts erkennen. Sie?"

"Nein!", stieß Hans verärgert aus und kurbelte das Seitenfenster herunter. Schneeflocken stoben ins Innere, leckten kalt und feucht an ihren vor Anspannung erhitzten Gesichtern. Im selben Moment kreischte der Motor auf. Der Wagen geriet ins Rutschen, krachte mit der rechten Seite gegen die Böschung, drehte sich betulich im Kreis, kollidierte mit einem Straßenschild und kam mit einem Ruck zum Stillstand. Der Motor erstarb.

"Scheiße!", fluchte Hans und spähte nach draußen. Der Wind peitschte ihm Schneeflocken wie fliegende Funken ins Gesicht. "Scheiße, Scheiße!", brüllte er und schlug mit den Fäusten auf das Lenkrad ein.

"Jetzt aber", sagte Nestor mit seiner Baritonstimme. "Das müsste die Via Chantunela sein und bis zu diesem Hotel ... Maria, glaube ich, schätzungsweise vier Kilometer."

"Sind Sie verrückt?", kreischte Hans, wobei er das Fenster schloss: "Keine zehn Pferde bringen mich da hinaus."

Wenig später stapften sie durch den kniehohen Schnee, die Köpfe bis auf die Brust gesenkt. Hans vorneweg, die Aktentasche mit beiden Händen umklammernd, Nestor hinter ihm, die Holzkiste, von der er sich unter keinen Umständen trennen wollte, auf dem Rücken balancierend.

"Dort! Sehen Sie, den Lichtschein!", quetschte Hans, der wie ein Pferd schnaufte, zwischen zwei Atemzügen hervor. "Hütte", sagte Nestor, rückte die Kiste zurecht und stapfte davon.

Hans schlug mit der Faust gegen die Tür. Holzschuhe klapperten und ein Gesicht tauchte im Fenster auf. Eris.

Müde schlug Hans die Augen auf, beschattete sie mit der Hand. Die Straße flirrte und außer den Arbeitern im Friedhof war weit und breit keine Menschenseele unterwegs. Das Dorf lag wie ausgestorben in der mittäglichen Hitze, erinnerte in seinem zur Schau gestellten Verfall an die alten Goldgräberstädte im Norden Kanadas, als wollte es sagen: Schau, Fremder, was von meiner früheren Pracht geblieben ist. Ein Hort ohne Hoffnung; trostlos, und mit jedem Schritt wirbelt Einsamkeit auf.

Hallende Stille bedrängte Hans; hin und wieder ein verstohlenes Geräusch. Selbst die Vögel schwiegen, die Köpfe im schattigen Blattwerk unter die Flügel gesteckt, verschliefen sie die heißesten Stunden des Tages.

"Bleib wach!", sagte Hans, der sich nichts sehnlicher wünschte als ein Bett. Ruhe, außer dem sirrenden Motor des Ventilators an der Decke, dessen Geräusch ihn einlullte; den Körper ausstrecken und für ein paar Stunden der Welt entfliehen. Nichts tun müssen, selbst das Denken abschalten. Hans seufzte. Petra wird im 'Ochsen' sein, auf ihn warten, die Beerdigung, die Reise nach Nachtkirchen, sein Romanprojekt über die Ereignisse in der Hütte, ihr Leben danach, als Zeitverschwendung abtun, die sich nicht lohne, weil seine Fans die Abenteuer Vorkors von ihm erwarteten, und sie würde ihre Nachgiebigkeit bereuen, mit der sie seine Frage: Willst du mitkommen? bejaht hatte.

"Du bist noch hier?"

Hans sah auf und erkannte Eris. Ihr Anblick zauberte ein Lächeln auf sein Gesicht, vertrieb Petra, ihre ständigen Vorhaltungen.

"Ja", antwortete er, weil ihm nichts Besseres einfiel, und klopfte mit der flachen Hand auf den Platz neben sich.

"Liebend gerne, Hans, aber ich …", sie schien zu überlegen, blickte auf ihre Uhr. "Es ist jetzt kurz vor zwei; um drei muss ich mit Mutter bei Doktor Fengler sein. Ihr Herz", erklärte sie Hans. "Nichts Ernstes. Die Aufregung. Fünf Uhr?"

Hans nickte und fragte: "Wo?"

"Wohnst du im 'Ochsen'? Obwohl, die Leute reden schon genug", überlegte sie und stemmte die

Hände in die Hüften wie ein alter Seemann, der in seiner Jugend Wind und Wetter getrotzt hatte und jetzt bei drohendem Streit auf die Wirkung der bloßen Pose setzte. "Zu Hause geht alles drunter und drüber. Die ganze Verwandtschaft lungert herum und lässt sich von Mutter bedienen. Treffen wir uns doch hier."

"Schön."

"Bis um fünf", sagte Eris, verscheuchte wild mit den Armen fuchtelnd eine Biene, die ihren Kopf umschwirrte, und fügte hinzu: "Schön, dass du gekommen bist, Hans. Alois und Nestor", sie winkte ab, sah ihm in die Augen, bis er den Blick verlegen senkte. "Schön, dass du gekommen bist", wiederholte sie, beugte sich mit einer flinken, ihn überraschenden Bewegung zu ihm herab und hauchte ihm einen Kuss auf die Wange. "Bis später!", rief sie über die Schulter, verschwand um die Ecke und aus seinen Augen. Irritiert berührte er mit dem Zeigefinger die feuchte Stelle auf seiner Backe, die ihr Kuss hinterlassen hatte.

Der Gastraum stank nach kaltem Rauch und verbranntem Fett. Kühle umfing ihn. In der Küche hörte er jemanden singen. 'Am Sonntag will mein Schatz mit mir tanzen gehen', sang die Stimme in Anlehnung an einen alten Schlager. Töpfe klapperten. Hans klopfte und steckte den Kopf durch die Tür.

"Hallo!", rief er und erntete einen spitzen Schrei.

"Jetzt haben Sie mich aber erschreckt", stöhnte das Mädchen, das Hans auf sechzehn, höchstens siebzehn Jahre schätzte. "Hi!", sagte Maria, die

Tochter der Wirtsleute, mit einem Anflug von Lächeln. "Maria. Kann ich Ihnen helfen?" Sie wischte sich die Hände an der Schürze ab, reichte ihm die rechte und musterte ihn ausgiebig. Was sie sah, gefiel ihr anscheinend, denn sie behielt seine Hand länger als üblich. Ihr rundes Gesicht, eingerahmt von schlaff herunterhängendem Haar, machte einen ungepflegten Eindruck, wie ihr gesamtes Erscheinungsbild. Ihre grauen Augen blickten eigenartig, und obwohl sie ziemlich dick war, bewegte sie sich flink. Hans war peinlich berührt und wusste nicht was sagen, noch wie er sich aus der Situation befreien konnte.

"Entschuldigen Sie", sagte er und entwand ihr die Hand. "Kümmelkorn, und ich benötige den Zimmerschlüssel."

"Heute angekommen?", fragte Maria, öffnete eine Schublade an der Wand hinter der Theke. "Kümmelkorn, sagen Sie? Ja! Das Doppelzimmer Richtung Hof. Der Schlüssel fehlt."

"Dann ist meine Frau", erklärte er ihr, "auf dem Zimmer. Ja, dann", versuchte Hans sich zu verabschieden, trat zwei, drei Schritte auf der Stelle: "Wir sehen uns."

"Nach der Schule helfe ich meinen Eltern, außer dienstags, da gehe ich schwimmen. In Naumburg. Kennen Sie Naumburg?"

Hans verneinte, sah den abgesplitterten Lack auf ihren Fingernägeln, die abgenutzten Jeans, die an den Schenkeln spannten.

"Nietzsche lebte dort, der Dom, aber sonst ist dort nicht viel los. Das Multiplex Kino und das

Round-up", erzählte sie. "Bleiben Sie länger?", wollte sie wissen, wie um das Gespräch in Gang zu halten.

"Zwei Tage", antwortete Hans aus Höflichkeit und bemerkte neben den bekannten Gerüchen, einen süßlichen, schweren, den eines billigen Parfums.

"Ich kann Ihnen Naumburg zeigen", sagte Maria mit einem Zittern in der Stimme. "Den Domschatz und gleich daneben das Café am Dom; dort gibt es ausgezeichneten Kuchen", plapperte sie weiter und eine sanfte Röte überzog ihr Gesicht wie ein Ausschlag. "Teile der Stadtmauer, das Marientor", hörte er Maria sagen, die jetzt in ihrem Element schien und die Sehenswürdigkeiten von Naumburg, wie einen einstudierten Kanon herunter betete.

"Danke, Maria …", unterbrach Hans ihren Redefluss, "aber ich", Hans blickte in seiner Verzweiflung auf die Uhr, "ein wichtiger Termin."

"Ja", meinte sie enttäuscht und trat einen Schritt von ihm weg. "Sie sind sicherlich wegen der Beerdigung hier."

"Vielleicht kann sich meine Frau für eine Stadtführung erwärmen", log Hans und verstärkte ihre Enttäuschung, die sie offen zeigte, wie einen bewusst zur Schau gestellten Makel.

"Danke", sagte Maria, neigte den Kopf zur Seite und zwängte sich an ihm vorbei, zurück in die Küche.

'Frauen', seufzte Hans, 'was man auch unternimmt und wie sehr man sich anstrengt, letztlich führt es stets auf den falschen Weg, zu Missverständnissen und Ärger.' In den letzten Monaten fühlte Hans sich um Stunden, ja ganze Tage betrogen und er wusste nicht, wer schuld daran war. Petra, er, das Unglück in den Bergen oder einfach nur die Zeit, die sie beide über die Jahre verändert hatte? Oft, wenn er abends im dämmergrauen Zimmer auf der Couch lag, Petra im Fitnessstudio wusste, deren Aktivitäten dort proportional zu ihrem Alter zunahmen, empfand er eine Gelassenheit, wie damals, als sie das Bellen der Hunde hörten, wussten, dass sie gerettet waren. Damals entsprang das Gefühl der Gewissheit, dass er leben würde, und mündete in eine Erleichterung, die ihn allen weltlichen Dingen enthob und wirkliche Freiheit spüren ließ. Und während er so dalag, sah er plötzlich einen Film in seinem Kopf ablaufen, der ihn in die Kindheit forttrug. Sieben Jahre war er, als der Vater ihn mit auf die Tour nahm. Bei sonnigem Wetter, das Verdeck offen, saß er neben dem Vater, der mit der linken Hand lässig den Wagen steuerte, mit der anderen rauchte. Die Landschaft flog nur so an ihnen vorbei; ausgedehnte Wiesen, rot vom Mohn, Kühe, die ungeachtet des Motorengeräuschs, weiter grasten. Dörfer tauchten auf, und wenn sie durch einen Ort fuhren, der nicht links oder rechts vorbei huschte, als fürchte er eine Begegnung mit dem donnernden Ungetüm, dann legte Hans den Kopf am Fenster auf die Arme, beobachtete die Menschen, die Schaufenster, all das Neue, Unbekannte, und wenn sein Vater, sobald die letzten Häuser hinter ihnen verschwunden waren, den Wagen beschleunigte, dann vermittelte ihm das Brummen des Motors, das ausgelassene Flattern seiner Haare im Wind ein Gefühl, dem er seither vergeblich nachgespürt und das er zumindest ansatzweise empfunden hatte, als das Bellen der Hunde die angespannte Stille durchbrochen hatte.

Gerade als der Film endete, klingelte das Telefon. Hans löste sich aus seiner Erstarrung und flüchtete in den hinteren Teil des Gebäudes, bevor Maria ihn erneut in ein Gespräch verwickeln konnte.

"Da bist du ja endlich", bellte Petra, über den Koffer gebeugt, ihre Blusen auf dem Bett stapelnd. "Du könntest deinen Koffer auspacken, oder wartest du, bis ich es mache?"

"Nein, nein!", erwiderte Hans schnell, um Schadensbegrenzung bemüht und hastete wortlos zu seinem Koffer.

"Hast du etwas Bestimmtes vor?", fragte Petra und schob den Stapel Blusen sorgsam in eines der mit Zeitungspapier ausgelegten Schrankfächer.

"Vorhin auf dem Friedhof", stotterte Hans, "die Arbeiter … an Sybilles Grab, mühselige Arbeit bei dieser Hitze; keine Bagger, alles von Hand mit der Schaufel … jedenfalls", kam er, während er den Koffer auf den Tisch legte, auf die Begegnung mit Eris zu sprechen. "Eris, Sybilles Schwester, kam zufällig vorbei. War auf dem Weg zum Pfarrer, wegen der Grabrede, jedenfalls treffe ich mich mit ihr um fünf. Du kannst mitkommen", bot er Petra an.

"Ich würde euch nur stören", antwortete sie enttäuscht, strich den schwarzen Hosenanzug glatt, den sie seit der Beerdigung von Onkel Franz im vorletzten Herbst nicht mehr getragen hatte, zupfte ein paar Fussel ab und hängte ihn in den Schrank. "Ich werde lesen", sagte sie in einem Ton, der sämtliche Alarmglocken in ihm schrillen ließ.

"Du störst nicht", versuchte er sie umzustimmen. "Im Gegenteil. Eris, da bin ich mir sicher, würde dich gerne kennenlernen", fuhr er fort, und obwohl seine Worte durchaus überzeugend klangen, schüttelte Petra ablehnend den Kopf.

"Gib dir keine Mühe! Ich weiß, dass du lieber alleine mit ihr bist. Schließlich wart ihr dort oben in der Hütte zwei Tage lang eingeschlossen, nicht ich. Und dasitzen, euch zuhören, dazu habe ich, ehrlich gesagt, keine Lust. Außerdem hängt mir das Thema allmählich zum Hals heraus. Seit eineinhalb Jahren sprichst du über nichts anderes, beschäftigst dich ausschließlich mit dem Tod, dem Jenseits, und wenn du einmal aus dem Haus gehst, dann triffst du dich mit ihnen, Nestor und diesem Alkoholiker Alois. So kann es nicht weitergehen, Hans. Siehst du das nicht?", sagte sie mit vor Zorn bebender Stimme, sackte auf das Bett und vergrub ihr Gesicht in den Händen.

"Ich habe es dir zu erklären versucht", rechtfertigte sich Hans, obwohl er wusste, dass es sinnlos sein würde, sie Argumenten gegenüber verschlossen blieb. "Das Projekt, Petra … es ist meine Art, das Erlebnis zu verarbeiten. Und wenn ich mich mit ihnen treffe, dann …"

"Recherche", ergänzte sie, das Wort mit Bedacht wählend, "ich weiß. Vergiss es! Du verstehst nicht, worum es mir geht", fuhr sie mit einem rauen Unterton, gefährlich wie Stacheldraht, fort. "Geh! Mach dir um mich keine Sorgen, ich werde mich schon zu beschäftigen wissen."

"Weshalb bist du nicht zu Hause geblieben?", fragte Hans entnervt, starrte sie einen Augenblick hasserfüllt an und fügte schroffer als beabsichtigt hinzu: "Ich habe dich nicht gebeten mitzukommen."

"Gebeten nicht, aber erwartet hast du es!", schrie Petra, sprang auf, stürzte ins Bad und schlug krachend die Tür hinter sich zu.

Ihre haltlosen, frei aus der Luft gegriffenen Behauptungen, brachten Hans jedes Mal aus der Fassung. Er drehte an einem seiner Hemdknöpfe, zog, bis er abriss und über den Holzboden rollte, wie ein funkelndes Auge.

"Petra, es tut mir leid. Ich habe es nicht so gemeint", sagte Hans reuevoll, knöpfte das Hemd auf und warf es in ein leeres Fach im Schrank. Er streifte ein T-Shirt über, klopfte an die Tür zum Bad, und als er keine Antwort erhielt, verließ er das Zimmer. Im Gastraum traf er auf Else, die frische, rotkarierte Tischtücher auslegte. Sie hielt in der Tätigkeit inne, nickte ihm zu: "Ist das Zimmer recht?"

"Es entspricht genau unseren Wünschen", antwortete Hans mit schleppender Stimme und dehnte seine Worte, bis sie den Zusammenhang verloren. "Ruhig, fast zu ruhig", scherzte er und zauberte ein verlegenes Lächeln auf sein Gesicht. Sie schwieg, nickte erneut und glättete das Tischtuch mit der flachen Hand. Der Gastraum erschien ihm plötzlich wie ein Tunnel ohne Ende. An der Decke surrte der Ventilator, die Fliegenfänger pendelten im Luftzug und aus dem Keller drang das Geräusch klappernder Flaschen. Ihre gepuderten Wangen, die aschblond gefärbten Haare passten seiner Meinung nach nicht zu ihr oder nicht in dieses Gasthaus. Sie kniete nieder, krabbelte auf allen Vieren unter den Tisch wie eine Spinne.

"Kann ich Ihnen irgendwie helfen?", fragte Hans verwundert und hob das Tischtuch. "Der Fuß hier. Wackelt wie ein Kuhschwanz. Tausend Mal habe ich es Heinz gesagt, aber ..." Hans hörte sie fluchen, dann ruckte der Tisch unter ihren Fausthieben und kurz darauf kam ihr Kopf wieder zum Vorschein. "Für den Abend hält`s", stieß sie schwer atmend aus und ergriff dankbar seine Hand. "Danke", sagte sie, betrachtete ihre Hand und lächelte nervös. "Sie sind wegen Sybille hier", fuhr Else, wie um ihre Verlegenheit unter Kontrolle zu bringen, fort. "Ich kannte sie von klein auf. Aufgewecktes Kind. Wusste immer, was es wollte. Als sie sechs war, gastierte hier ein Puppenspieler. Dort hinten, wo jetzt der Automat hängt, hatte er seine Bühne aufgebaut und ich muss sagen, die Marionetten waren so hervorragend gearbeitet und ihre Bewegungen", schwärmte sie und vergaß die Welt um sich. "Die vollkommene Illusion. Und Sybille zweifelte keine Sekunde daran, dass die Figuren lebendig seien, bis ihre Mutter sie aufklärte. Und als der Puppenspieler am Ende hervortrat und sich bedankte, sagte Sybille, dass es alle hören konnten: Und der da, lebt der denn?" Else lachte. Ihr schmales Gesicht wurde weich vor Belustigung. "Ja, so war sie, die Sybille. Nach dem Gymnasium in Naumburg, hier haben wir ja keine Schule, studierte sie in Berlin. Sie war immer das Gegenteil von Eris. Die war vielleicht ein Rabauke, sag ich Ihnen. An der, sag ich immer, ist ein Junge verloren gegangen. Ich könnte Ihnen Geschichten erzählen", meinte sie und winkte ab, sah auf die Uhr, die zwischen den Gläsern stand und fünf vor vier anzeigte. "Ja! Und jetzt ist die Sybille tot", flüsterte sie fassungslos und strich geistesabwesend eine Falte glatt.

"Else! Kommst du mal!"

"Jetzt findet er den Wein wieder nicht. Ja! Moment. Entschuldigen Sie mich", sagte sie mit gedämpfter Stimme und ging durch die Küche in den Keller.

Drei

Am Friedhof angekommen, kauerte sich Hans im Schatten eines Baumes nieder. Die Arbeiter waren fort; das Grab mit grünem Tuch bedeckt. Den Rücken an den rauen Stamm gelehnt, schloss er die Augen und genoss die Stille. Irgendwo stritten zwei Vögel und in unregelmäßigen Abständen durchfuhren Wagen die Holperstrecke durch Nachtkirchen. Hans kaute auf einem Grasstängel herum, schob ihn von links nach rechts, wieder zurück und ließ seine Gedanken auf der Zeitscheibe seiner Erinnerungen treiben.

Alois öffnete die Tür. In der Hand ein halb volles Glas Wein, mit dem er die Neuankömmlinge begrüßte, indem er es über den Kopf hob und sagte: "Immer nur herein spaziert, in die gemütliche Stube." Damit trat er zur Seite, gab den Weg frei. Die

Hütte besaß eine Grundfläche von schätzungsweise vier mal fünf Meter, zwei Stockwerke, durch eine Ausziehleiter verbunden. Zwei Frauen, Geschwister, wie sich herausstellen sollte, setzten sich gerade an den Tisch, einem Möbel, das mit seinen vier wuchtig gezimmerten Stühlen ein Drittel des Raumes einnahm. Dem Eingang gegenüber prasselte ein Feuer und daneben waren, wie mit dem Lineal ausgerichtet, Holzscheite bis zur Decke gestapelt. Die winzige Küchenzeile, chromblitzend, wirkte seltsam deplatziert, wie ein chirurgisches Instrument in der Hand eines Wilden, mitten im Urwald.

"Kleber", stellte Nestor sich vor. "Nestor Kleber", fügte er gewohnheitsmäßig hinzu und ließ kraftlos seinen Holzkoffer zu Boden plumpsen.

"Hans Kümmelkorn", sagte Hans, während er eintrat und Alois die Kälte hinter ihm aussperrte.

"Darf ich vorstellen: Sybille und Eris Erdmann, ihres Zeichens Schwestern", meinte Alois, mit der für seine massige Gestalt und die gut zwei Meter Körpergröße zu dünnen Stimme, deutete, nachdem er den restlichen Inhalt des Glases in einem Zug hinuntergestürzt hatte, auf die beiden Frauen, ehe er sich verbeugte oder, wie immer man es betrachtete, sich in die Niederungen Sterblicher herabließ, sagte: "Alois Schwarz. Naturforscher und Fachkraft für … betiteln wir es", dabei lächelte er verschmitzt, weil er den Ausspruch für einen guten Witz hielt, "Gas, Wasser und Scheiße. Etwas zu trinken, die Herren?", fragte er und Hans hörte Alois` Stimme an, dass dies nicht sein erstes Glas war.

"Später", antwortete Nestor, zog die Handschuhe

aus, streifte sich die Mütze vom Kopf und ging vor dem Feuer in die Hocke. "Herrlich!"

"Wein, Sprudel, diverse Säfte!", bot Alois an und lächelte sein Lächeln.

"Saft", antwortete Hans, eher aus Höflichkeit, mit einem Blick auf die Frauen, die jetzt schweigsam am Tisch saßen und Nestors Bemühungen, die Kälte aus den Knochen zu vertreiben, beobachteten.

"Kirsch-, Himbeer-, oder Tomatensaft?", fragte Alois, rieb sich die Nase und betrachtete ihn neugierig, mit weit aufgerissenen Augen, als wollte er sich bei ihm einschmeicheln.

"Kirsch."

Es war so heiß, dass man hätte Orchideen züchten können. "Gut warm hier drinnen", sagte Hans, die Jacke über die Lehne eines der freien Stühle hängend, an die Schwestern gewandt.

"Sybille friert ständig", erklärte Eris, wobei Sybilles Mund sich öffnete, als wollte sie etwas erwidern, und wieder zuklappte. Offenbar fiel ihr nichts ein, was sich zu sagen gelohnt hätte. Beide hatten sie schulterlanges Haar, Eris dunkelblond und Sybille braun, und zu einem Pferdeschwanz gebunden. Ihre Gesichter ähnelten einander, schmales Gesicht, rehbraune Augen, gebogene Nase und Lippen, die wirkten, als hätte ein Schönheitschirurg sie gerade erst mit Gel aufgefüllt. Sybille trug, obwohl sie bereits seit dem Nachmittag hier festsaßen, weiterhin ihr dunkelgrau gestreiftes Kostüm, die Bluse bis zum obersten Knopf geschlossen, während ihre Schwester in modisch zerrissene Jeans, T-Shirt, das die Aufschrift '1983' trug, gekleidet war. Sybille musterte Hans mit stummem Glitzern in den Augen, als nähme sie seine Anwesenheit zur Kenntnis, schlossen sich dann mit einem Lidschlag, der besagte: Gewogen und für zu leicht befunden.

"Wie ist es draußen?", fragte Eris und blickte zum Fenster hinüber. "Der Wind ist stärker geworden", stellte sie mit leiser werdender Stimme fest. Angst sprach daraus.

"Die Welt versinkt im Chaos!", rief Alois, der unbemerkt neben Hans getreten war, ihm sein Glas reichte. "Prost oder Vashe zdorovie, wie der Russe zu sagen pflegt."

"Sie waren in Russland?", fragte Sybille aus ihrer Lethargie aufwachend, und als Alois verneinte, ihr die erhoffte interessante Geschichte versagt blieb, höhnte sie enttäuscht: "Hätte mich auch gewundert." Weshalb es sie gewundert hätte, verschwieg sie ihm.

"Schätzchen. Dann halt Salute! Soll ich Ihnen von Venedig erzählen? Stadt der Liebe, der Verliebten?", sagte er und schnalzte mit der Zunge, ohne auf ihre Antwort einzugehen, und prostete Eris mit einem anzüglichen Lächeln zu. "Auf das verdammte Schneetreiben, unsere illustre Gesellschaft und das Chaos dort draußen." Er nahm einen kräftigen Schluck. "Wusstest du", sagte er zu Hans, lächelte sein Lächeln und blies ihm seinen nach billigem Wein und Knoblauch stinkenden Atem ins Gesicht, "dass Chaos im Grunde Harmonie verkörpert. Alles ist eins!", konstatierte er gestikulierend, verschüttete dabei Wein, "Ich muss es wissen", behauptete er mit schwerer Zunge, "habe ein Fachbuch darüber veröffentlicht. Ja!", sagte er wie zur Bestätigung, trank auf Sein und der menschlichen Erkenntnisfähigkeit Wohl und flüsterte Hans lüstern ins Ohr: "Alles eins, hihi. Du verstehst?" Hans hielt ihn mit dem Ellbogen auf Distanz.

"Prächtiges Feuer", meldete sich Nestor in der Gruppe der Lebenden zurück. "Soll ich Holz nachlegen?", fragte er in die Runde, und als niemand antwortete, zog er sich am Sims hoch, nahm zwei Scheite und warf sie ins Feuer, das Funken sprühte und drohend knisterte, und draußen pfiff der Wind und schwoll zum Sturm an.

Nestor, Anfang fünfzig mit faltigem, vom Leben gezeichneten Gesicht und grauen, trostlosen Augen, ging zum Fenster, spähte nach draußen und sagte: "Vor morgen früh kommen wir hier nicht weg." Er entledigte sich des Mantels. Sein billiger Anzug in hellem Grau hing ihm weit um die schlaksigen Glieder; die Schuhe schwarz und abgetragen. Im Gegensatz dazu wirkte Alois, trotz seiner imposanten Erscheinung, wie ein groß gewachsener Junge; die Stimme, zurückgeblieben wie so vieles an ihm, klang wie das nervtötende Nörgeln eines kleinen Kindes.

"Ihr Wagen, liegen geblieben?", fragte Sybille und blickte auf die Uhr.

"Wir sahen das Licht", antwortete Nestor, "außerdem hätte es keinen Sinn gemacht, weiterzufahren. Bis Sils wären wir heute Nacht ohnehin nicht mehr gekommen."

"Sils?", warf Alois überrascht ein.

"Ein Engagement", antwortete Nestor höflich und zog sich in die Küchenzeile zurück, worauf für längere Zeit ein beredtes Schweigen eintrat.

Zwanzig vor fünf. Hans beschattete die Augen mit der Hand. Die Ereignisse vom letzten Jahr, minutiös festgehalten, als habe eine Videokamera im Auge die Stunden festgehalten. In der dritten Klasse bescheinigte ihm Rüdiger Haberschlag, Deutschlehrer und begeisterter Bergsteiger, der im Jahr darauf am Matterhorn abgestürzt ist, ein fotografisches Gedächtnis. Begeistert, ja berauscht schilderte er die Vorzüge des Talents in den schillerndsten Farben und wie nutzbringend es beruflich sein könne, wenn er es nur richtig einzusetzen wüsste. Die Neuigkeit breitete sich wie ein Lauffeuer aus, erfasste selbst den alten Schmied, der tags darauf seinem vierten oder fünften Herzinfarkt erlag, und brachte Hans sogar ein Interview im örtlichen Anzeiger ein. Vom Nachteil, fast nichts zu vergessen, redete niemand.

"Hierhin hast du dich verkrochen", begrüßte ihn Eris und schob den Träger ihres geblümten Sommerkleides wieder auf die Schulter. "Wo ist deine Frau?"

"Im Hotel. Sie fühlt sich unwohl; die Hitze", log Hans.

"Schade. Ich wollte sie endlich kennenlernen."

"Morgen", sagte Hans und stand auf. "Wohin?"

"Auf der anderen Seite des Friedhofs liegt ein kleines Wäldchen, der Totenwald", fügte sie ebenso leise wie geheimnisvoll hinzu.

"Totenwald?"

"Nicht wie du denkst", erklärte sie ihm und ergriff wie selbstverständlich seine Hand. "Es ist eine Geschichte, die Eltern ihren Kindern erzählen. Ende des 19. Jahrhunderts, so wird behauptet, starb plötzlich der einzige Schreiner des Dorfes. Freundlich soll er gewesen sein, selbst dem fahrenden Volk gegenüber, deren Wagen er reparierte, während die übrigen Bewohner ihre Fenster und Türen verschlossen. Sein Pflichtbewusstsein war ebenso groß wie sein handwerkliches Geschick und so war es nicht verwunderlich, dass sein Ruf bis in die Nachbargemeinden drang und er viele Aufträge von außerhalb bekam. Die Legende besagt nun, dass ihn die Sorge um das Wohl des Dorfes, die unerledigte Arbeit, so umgetrieben habe, dass er selbst im Tode keine Ruhe fand und geradewegs in das an den Friedhof angrenzende Waldstück lief, Holz schlug, in sein Haus zurückkehrte und dort seine Arbeit wieder aufnahm. Es heißt, er habe so an seiner Tätigkeit gegangen, dass er den Tod verdrängte, die Kundschaft wie zuvor beriet, die Räume ausmaß und das Holz im Wald holte. Dort, also im Totenwald, soll er des Öfteren von spielenden Kindern gesehen worden sein."

"Wird er heute noch gesehen?", fragte Hans, und musste unwillkürlich an Mr. Seltsam denken, der jedes Jahr aufs Neue als große Attraktion angepriesen wurde, obwohl das Riesenrad seinen Ruhm längst überflügelt hatte. Dort oben, in luftiger Höhe, die Haare vom Wind zersaust, konnte man weiter über das Land sehen als mit dem abgegriffenen Feldstecher von Manfreds Vater, der ihn aus dem Krieg mitgebracht hatte. Ein Souvenir, wie er erklärte, mit dem sie zugesehen hatten, wie Kameraden Hütchen setzten, was immer er damit meinte. Mr. Seltsam jedenfalls ließ sich mit einer dicken, im Licht der

Arena blitzenden Kette fesseln, wurde dann von zwei kräftigen Männern aus dem Publikum in einen metallenen Sarg gelegt, der in einem bis zum Rand gefüllten Wassertank versenkt wurde. Die Besucher klatschten kreischend Beifall, wenn der Sarg auf die Wasseroberfläche schlug und die Helfer bis auf die Knochen durchnässte. Drei Minuten reichte die Luft und Mr. Seltsam schaffte es jedes Mal in letzter Sekunde, prustend und nach Luft schnappend dem Wassertank zu entsteigen. Jahre später allerdings klemmte das Schloss und so wurde er, wie Zeitungen berichteten, in seinem metallenen Sarg beerdigt.

"Natürlich nicht", lachte Eris und gab ihm mit der Schulter einen Stoß.

"Aber er muss doch bemerkt haben, dass niemand ihn sah und der Betrieb entweder aufgelöst oder von fremder Hand weitergeführt wurde."

"Hallo! Es ist eine Legende", sagte Eris und fügte tadelnd hinzu: "Musst du jedes Wort sezieren?"

"Vermutlich", antwortete er und stimmte ihr zu. "Hast du Sybille … ich meine vor ihrem Tod … gesehen?", wechselte er das Thema und die Erinnerung an Mr. Seltsam verging und ließ in ihm das befremdende Gefühl zurück, dass er und Eris wie der Schreiner waren; was sie als Kinder glaubten oder zumindest vermutet hatten: Geistererscheinungen.

"Sonntag", sagte Eris mit altersschwacher Stimme und wie in Trance versunken, als reagiere ihr Körper wie ein Roboter auf Fragen und die Unebenheiten des Weges: "So gegen Abend hat sie angerufen. Es ginge ihr miserabel, klagte sie, und ihre Stimme war so einschläfernd wie das Plätschern eines Sommerregens. Ob ich nicht kommen könnte, und als ich ihr zu erklären versuchte, dass das nicht ginge, ich morgen früh schließlich arbeiten müsse, seufzte sie und warf den Hörer auf die Gabel. Später habe ich versucht, sie zu erreichen, aber sie nahm nicht ab; vielleicht war sie auch eingeschlafen."

Hans überlegte, was er sagen sollte. Er erinnerte sich an Sybille. Ihr Gesicht tauchte in der flirrenden Luft auf, hart, unnachgiebig, selbstbewusst, das Gesicht einer Karrierefrau. Ihre einzige Sorge damals schien die Konferenz zu sein, die übermorgen stattfand und unbedingt ihre Anwesenheit erforderte. Den ganzen Abend kauerte sie entweder still auf ihrem Stuhl oder sie hielt ihr Handy hoch, in der Hoffnung, doch noch eine Stelle zu finden, an der sie Empfang hatte. Allerdings, nachdem in der Nacht das Schneebrett einen Teil des Daches weggerissen und sie im unteren Teil eingeschlossen hatte, schmolz ihre Selbstsicherheit wie der Schnee über ihren Köpfen. Jetzt wirkte ihr Gesicht blass und die Augen, die bisher jeden messerscharf beobachtet, hatten, drückten eine zunehmende Leere aus, als befände sich hinter der harten Geschäftsfrau eine völlig andere, verschreckte und verängstigte Person, die nach Zuwendung heischte.

"Am Montag", fuhr Eris, weil Hans schwieg, fort, "ist sie dann vor den Zug gesprungen." Ihre Stimme versagte. Mit der freien Hand wischte Eris über ihre Augen. "Vor dem Morgengrauen", erläuterte sie nahezu tonlos, als verleihe dieser Umstand der sinnlosen Tat, eine zusätzliche Dimension.

"Warte!" Hans fingerte nach seinem Taschentuch, um ihr Gesicht zu trocknen. Er versuchte, ihr zu sagen, dass sie keine Schuld an Sybilles Tod träfe. Seine Hand streifte leicht ihr Gesicht, sie wandte sich um, schniefte und ging weiter, ihn wie ein Gepäckstück hinterherziehend. Der Totenwald machte seinem Namen Ehre und empfing sie mit angenehmer Kühle.

"Arbeitest du noch daran?", fragte sie und blieb unvermittelt stehen. "An dem Roman?"

Hans nickte. "Zwar nicht mein Genre, aber ja! Ich habe das Projekt nicht aufgegeben. Weshalb?"

"Nur so", antwortete Eris ausweichend, bevor sie ihm ihre Befürchtungen mitteilte. "Vor drei Wochen stattete Sybille mir ihren letzten Kurzbesuch ab. Hallo und tschüss und dazwischen kaum Zeit für eine Tasse Kaffee. Eigentlich sprachen wir seit dem Zwischenfall selten mehr als ein paar belanglose Sätze miteinander; ich kann mich jedenfalls nicht erinnern, mit ihr mehr als zwei, drei Sätze gewechselt zu haben. Etwas lag zwischen uns, wortlos, stumm, und trotzdem glaubten wir zu wissen, was der andere fühlte und dachte. Doch das stellte sich als tragischer Irrtum heraus. Die Hütte, das war kein Geheimnis, hatte in unser beider Leben ihre Spuren hinterlassen, aber wie gravierend sie wirklich waren, bemerkten wir erst an diesem Tag. Warum … ach ja! Dein Roman. Ich weiß nicht, ob Sybille … es sind sehr persönliche Dinge …"

"Du willst wissen", unterbrach Hans sie, "inwieweit ich Sybilles Geständnis, darum, so vermute ich, geht es, für den Roman verwende? Soweit es als Motiv für ihren Selbstmord dient."

"Danke!"

"Wofür?"

"Dafür, dass du ehrlich bist. Wie lange bleibst du?"

"Bis übermorgen, also Donnerstag." Den Blick Eris zugewandt, fügte er hinzu: "Wenn es dich beruhigt, Eris, verspreche ich dir, dass das Manuskript nicht ohne deine Zustimmung an den Verlag geht, sollte es soweit gedeihen."

"Ich werde darüber nachdenken. Sybille", gab sie einer Erinnerung Ausdruck, "war das süßeste Kind weit und breit. Sie hatte lange Haare und eine echte Dauerwelle. Wie habe ich sie darum beneidet", lachte Eris. "Mutter hat sie sonntags immer in einer Farbe angezogen, bis hinunter zu den Socken; mal blau, mal rosa und zu den Festtagen in Weiß; ein Engel, der von innen heraus wie die Sonne leuchtete, stand sie mitten im Zimmer, drehte sich im Kreis und jeden Moment, so dachte ich, breitet sie ihre Flügel aus und fliegt davon. 'Du bist die Schönste', sagte Mutter stolz und Sybilles süßer kleiner Mund plapperte ihre Worte wie eine hängen gebliebene Schallplatte nach: 'Ich bin die Schönste. Ich bin die Schönste'. Dann drückte Mutter sie ganz fest an sich und gab ihr einen Kuss. Mich bemerkte Mutter nicht oder erst, wenn sie mit Sybille aus dem Zimmer wollte und an mir vorbei musste. Und jetzt hat sie ihre Flügel bekommen und ist davon geflogen. Mir ist kalt", bemerkte Eris und sah auf die Uhr. "So spät schon! Mutter wird sich bereits wundern, wo ich bleibe."

"Wie haben deine Eltern Sybilles Tod aufgenommen?"

"Vater schweigt und Mutter heult. Sie hat sämtliche Fotos von Sybille herausgekramt, einen Schuhkarton voll und sitzt am Küchentisch, betrachtet die alten Aufnahmen und plappert vor sich hin", antwortete Eris und verflocht ihre Finger miteinander. "Horch! Hörst du das Rotkehlchen?"

Hans beugte sich vor. "Nein", flüsterte er. "Hast du etwas von Nestor und Alois gehört?"

"Nestor hat angerufen. Er kommt. Hat zufällig ein Gastspiel in der Nähe. Zeitz, glaube ich, und von Alois habe ich seit einem halben Jahr nichts mehr gehört. Ich habe auf seinen Anrufbeantworter gesprochen und er hat bisher nicht geantwortet. Du?"

"Letzten Monat. Klingelte, stürmte ins Wohnzimmer, fläzte sich in den Sessel, als sei es das Alltäglichste auf der Welt, dass er wie ein Wirbelwind hereinbraust, und die Normalsterblichen mit seinem Besuch ehrt."

Eris blieb stehen, wandte sich Hans mit einem verzweifelt fröhlichen Gesichtsausdruck zu. "Gehen wir zurück."

"Ja", sagte er und erzählte ihr von Alois. "Er hat eine neue Theorie entwickelt oder die frühere erweitert, so ganz habe ich es aus seiner gerafften Schilderung nicht begriffen, und die Worte flossen ihm mit jedem Martini schleppender über die Lippen, zähflüssig wie Sirup", scherzte er. "Irgendwann, es muss weit nach Mitternacht gewesen sein, ich konnte nur mit Mühe die Augen offen halten, flog sein Bleistift, trotz oder gerade aufgrund seines Alkoholspiegels, immer noch so rasch über das Papier, skizzierte den Verlauf des Kosmos, begleitet von abstrusen Zusammenhängen, die in mehrdimensionalen Räumen … ich hab es nicht verstanden. Beim zyklischen Universum bin ich eingeschlafen, und als ich wieder erwachte, stand er vor mir, groß und mächtig wie ein Gebirgsmassiv, lächelte sein Lächeln und hielt mir eine Tasse Kaffee unter die Nase, die Petra extra stark für ihn gebraut hatte. Nach dem Frühstück ist er aufgebrochen, nicht ohne mir eine Kopie seines Werks, der ersten Fassung, wie er betonte, auszuhändigen."

Eris schüttelte den Kopf, als wollte sie das Gehörte in eine verständliche Ordnung rütteln. "Manches scheint plausibel."

"Nur weil er wissenschaftliche Theorien zitiert", setzte Hans ihr auseinander, "und sie geschickt mit seinen Vorstellungen verknüpft, sagt das nichts über ihren Wahrheitsgehalt aus. Er will Aufmerksamkeit … nein!", verbesserte er sich sofort, "als Intellektueller anerkannt werden. Seine Triebfeder ist ein gewaltiger Minderwertigkeitskomplex und diese Theorien, die er ständig ausarbeitet, halten ihn in der Spur, bewahren ihn sozusagen vor dem Abgrund."

"Du meinst, er spinnt einen Kokon, ein Wahngebilde um sein Leben, um zu überleben?"

"Treffender und kürzer hätte ich es nicht ausdrücken können", stimmte er ihr zu, verlangsamte seine Schritte und tupfte sich mit dem Ärmel die Stirn ab.

"Was arbeitet er eigentlich? Ich habe ihn nie danach gefragt." Am Rande des Waldes angekommen, blinzelte Eris in die tiefer stehende Sonne, suchte in ihrer Tasche nach Zigaretten, steckte sich eine in den Mund und bot auch ihm eine an. Hans verneinte, beobachtete, wie sie ein billiges Feuerzeug aus der Tasche zog, die Flamme auflöderte und ihre Augen fixierte, die fahl, ohne Leben und mit beängstigender Intensität blickten, als sähen sie etwas Schreckliches.

"Eris!"

"Ja", antwortete sie, schielte auf das Feuerzeug, inhalierte tief und blies den Rauch in den wolkenlosen Himmel. "Mutter Hansen sagt immer, ich wäre ein Rabauke gewesen und … eigentlich rebellierte ich nur gegen Sybille, die Aufmerksamkeit, die sie von den Eltern erhalten hat. Deshalb wollte ich immer nur weg aus Nachtkirchen, raus aus dem öden Dorf, dem ständigen Beobachtetwerden, diesem Mief einer längst vergangenen Zeit, der hier über allem und jedem hängt, und ich habe mir geschworen: Wenn du erst einmal fort bist, dann bringen dich keine hundert Pferde mehr zurück. Mit siebzehn habe ich das Abitur abgebrochen, dann begann ich in Naumburg die Lehre als Bankkauffrau. Kannst du dir das vorstellen? Ich in schicken Kleidern und … das alles nur, weil ein Bekannter von Vater dort Beziehungen hat, den Filialleiter kannte, und dann der Ärger, als ich mich nach drei Monaten weigerte, auch nur einen Tag länger dort hinzugehen. Vater tobte: 'Du bist ein Taugenichts! Ziehst meinen guten Namen in den Schmutz!', und Mutter heulte, wie immer in solchen Situationen, schwieg und insgeheim gab sie Vater wohl recht. Nie hat sie mich unterstützt, kein Wort der Hilfe … nichts. Anschließend

steckten sie mich in diese Hauswirtschaftsschule …
Mit achtzehn bin ich abgehauen, zuerst nach Halle und ein halbes Jahr später nach Berlin. War die beste Zeit meines Lebens, Hans. Über den Winter gejobbt, im Sommer Urlaub, das Leben in vollen Zügen genossen und …", Eris lachte, "ich habe nichts ausgelassen. Manni, ein halbseidener Möchtegern-Halbstarker, der bei Reifen Frost von morgens bis abends Reifen wechselte und dabei so wenig verdiente, dass er ab dem fünfzehnten des Monats kein Geld mehr für Benzin hatte und seinen protzigen BMW, den er mühselig abbezahlte, nicht mehr fahren konnte, hat mich zum Autodiebstahl mitgeschleift. Es dauerte keine Minute und der Wagen war offen und dann rasten wir quer durch die Stadt, bis der Sprit ausging. Oft trieben wir es noch auf dem Rücksitz … schöne, seltsame Jahre, die ich nicht missen möchte, und doch verlorene Jahre", meinte sie nachdenklich. "Und jetzt mutiere ich zur braven Tochter, wohne wieder im Kinderzimmer und arbeite bei Wachutke. Was für ein Niedergang?", scherzte Eris und ein wehmütiger Zug überschattete für Sekunden ihr Gesicht, wobei der Rauch aus Mund und Nase strömte. Sie schnippte die Zigarette zu Boden, trat darauf und fragte Hans, wohl wissend, dass er darauf nicht oder nur ausweichend antworten würde: "Verrückt, oder?" Sie machte eine hilflose Geste.

"Im Gegenteil", beteuerte Hans leise. "Im Gegenteil", wiederholte er, brach ab und biss sich auf die Unterlippe, als hätte er eine Indiskretion begangen. Seine Augen wurden schmal. "Irgendwann oder …

alle paar Jahre, kommen wir an Weggabelungen, Kreuzungen und … entweder wir trotten in der alten Spur weiter oder biegen ab und beginnen etwas Neues. Du hast die Kurve gekriegt", sagte Hans, weil ihm sonst nichts Passendes einfiel, er in Gedanken mit den Auslassungen ihrer Lebensgeschichte beschäftigt war, "wie der Volksmund sagt."

"Ja", flüsterte Eris tonlos. "Vielleicht wäre es mir sonst wie Sybille ergangen", fügte sie hinzu und schluckte trocken. "Die Hütte, diese furchtbare Todesangst", versuchte Eris ihre Gefühle in Worte zu kleiden. "Tief hier drinnen", sagte sie, und ihre Stimme klang rau wie Schleifpapier, wobei sie die Hand auf ihr Herz presste, "habe ich mich damit abgefunden, zu sterben, meine ich. Wie wir dort oben im Dunkeln kauerten, zusammengepfercht in der Ecke, schlimmer als Vieh, ohne Feuer, ohne Hoffnung … das Gebälk knarrte, ächzte unter der Last des Schnees und überall tropfte es und …"

Hans nahm sie in die Arme, fühlte, wie sie zitterte.

"Oft wache ich in der Nacht auf, am ganzen Körper frierend, und höre das Gebälk stöhnen. Es ist grauenhaft wie damals im Museum. Vater hat mich dorthin geschleppt, nur um mir zu zeigen, wie gut ich es habe und wie dankbar ich dafür sein müsste, dass ich gesund bin und ein ordentliches Zuhause habe. Ich weiß noch, wie ich dastand, mich an seinem Arm festklammerte und die Missgeburten anstarrte, die wie Soldaten in Reih und Glied ganze Wände füllten. Er klopfte mit dem Finger gegen die Flaschen und dieses Ding mit den zwei Köpfen, verkrüppelten Gliedmaßen, es starrte mich aus lidlosen, halb geöffneten Augen an und ich konnte den Anblick nicht länger ertragen, bin hinaus gerannt und monatelang verfolgten mich die Augen bis in meine Träume hinein. Selbst jetzt, wenn ich darüber spreche, beschwöre ich sie herauf, höre ich ihren stummen Fluch, den sie jedem Betrachter entgegenschleudern: Vergiss uns nicht! Vergiss uns nicht!"

Die ganze Anspannung der letzten Tage verstärkte sich bis zur Verzweiflung. Sie schlug die Fäuste gegen seine Brust und begann zu wimmern, wie ein verängstigtes Kind. Ihr Kopf schmerzte und weil sie zur Beruhigung ihre eigene Stimme hören musste, sagte sie: "Ich hasse ihn! Er ist selbstgerecht, eitel wie ein Pfau und behandelt Mutter wie einen Dienstboten." Sie hielt inne, ihre Hände sanken herab und sie war so in ihre Erinnerungen versunken, dass sie nicht hörte, wie er ihr leise ins Ohr flüsterte: "Ich werde immer für dich da sein."

"Bleib", sagte Eris, eilte ein paar Schritte davon. "Ich melde mich. Und danke." Hans sah ihr nach, bis sie zwischen den Häusern untertauchte. Plötzlich verspürte er den Drang ihr nachzugehen, unterdrückte ihn jedoch, weil ein subtiles Unbehagen ihn warnte. Es war noch immer warm, als er die Hauptstraße erreichte und den Staub der Fahrzeuge schluckte, die von Naumburg kommend nach Hause drängten.

Vier

"Hans!", begrüßte ihn die Stimme von Alois, kaum dass er den 'Ochsen' betreten hatte, ehe die massige Gestalt wie ein drohendes Unglück auf ihn zurollte. "Mensch, Hans!", sagte Alois und lächelte sein Lächeln, drückte ihn an die Brust, dann ein Stück von sich fort, wobei er ihn von oben bis unten in Augenschein nahm. "Siehst müde aus", konstatierte er, Hans` Gesicht sezierend wie ein Künstler, der Lebensspuren vermeiden und wesenlose Götter erschaffen will. "Dagegen weiß ich ein Heilmittel. Zwei Bier", rief er Maria zu, die den Boden hinter der Theke aufwischte, "und von dem Klaren, diesem ätzenden Rachenputzer."

"Ich müsste kurz auf mein Zimmer, Alois. Petra …"

"Deine Frau", unterbrach Alois ihn, "ist nach Naumburg gefahren. Keine zehn Minuten her. Schien ziemlich wütend …"

Hans blickte an ihm vorbei in den Spiegel, wo blinde Flecken ihr gemeinsames Spiegelbild entstellten. Die Andeutung eines Lächelns erlosch und ein affenartiges Stirnrunzeln verfinsterte Hans` Gesicht. Er sah zu Maria hinüber, die ihm zulächelte, mit ihren vom heißen Wasser aufgedunsenen, roten Händen, Bier zapfte, und ihm wurde klar, dass sie ihm nur deshalb Beachtung schenkte, weil er ein Fremder und somit bereits interessanter als die Burschen im Dorf war.

"Seit wann bist du hier?", fragte Alois, drückte Hans auf den Hocker und nahm selbst Platz.

"Mittag", antwortete Hans kurz, der vermutete, dass Alois bereits vor einiger Zeit zu trinken angefangen hatte. Er hatte sich noch unter Kontrolle und seine Bewegungen waren noch sicher, aber er hatte bereits eine schwere Zunge und sprach mit zittriger Stimme. "Nach Naumburg? Hat sie das gesagt?", fragte Hans, der sich umblickte, als suche er jemanden oder warte auf ein bestimmtes Ereignis.

"Zum Essen. Nun mach dir mal keine Sorgen; Frauen sind", er schnippte mit den Fingern, "zack auf hundertachtzig; aber sie beruhigen sich auch wieder. Jetzt trinken wir zuerst auf unser Wiedersehen", sagte er, als Maria die Klaren brachte, und lachte sein Lachen. "Ex und hopp!"

"Brr", stöhnte Hans, weil der Schnaps seine Speiseröhre zersetzte.

"Der weckt Tote auf!", rief Alois vergnügt, klopfte Hans grinsend auf die Schulter und bestellte die nächste Runde des köstlichen Abbeizmittels, wie er den Selbstgebrannten bezeichnete.

"Was macht das Schreiben?", wollte Alois wissen und benutzte die Frage als Überleitung zu seinen derzeitigen Forschungen. "Weißt du", sagte er und beschrieb mit der Hand einen Bogen, mit dem er symbolisch den Kosmos einfasste, "neueste Erkenntnisse der Stringtheorie deuten darauf hin, dass wir, also unser gesamtes Universum, eine Drei-Bran ist."

Hans trank sein Bier, betrachtete Marias Hintern, ertappte sich dabei, wie er sie trotz ihrer üppigen Formen langsam auszog, während vereinzelte Wörter, wie: Überleben, Urknall, Feld, Bedeutung, von Alois` Monolog in sein Bewusstsein einsickerten.

Maria nahm den Eimer, ihre Blicke trafen sich kurz, ehe ihre Augen verstohlen zur Seite glitten, sie in die Küche entschwand.

"Unser Selbst, also dein Ich, mein Lieber, ist unrettbar verloren. Daran kann selbst ich nichts ändern", klagte Alois und ersäufte sein Leid in Bier. "Arbeite gerade an der Reinschrift, Hans, und sag mal, könntest du es nicht deinem Verleger empfehlen?"

"Wie?", sagte Hans und kehrte widerwillig in die Wirklichkeit zurück. "Was hast du gesagt?"

"Ob du mich deinem Verleger empfehlen könntest?", buchstabierte Alois, und bohrte dabei seinen Finger schmerzhaft in Hans` Brust. "Wird garantiert ein Erfolg", meinte er, mit der Selbstverständlichkeit des Egomanen. "Wo ist denn die Kleine hin? Hallo! Wo war ich stehen geblieben? Richtig! Dein Verleger. Du, als Erfolgsautor … der muss doch ein Vermögen mit deinen Romanen verdienen … also ich schicke es dir zu … wo bleibt denn die Kleine? Hallo, Bedienung!"

Heinz zwängte seinen Körper durch den schmalen Durchlass, beäugte Alois, und kam zu dem Ergebnis, dass Ärger nicht lohne. Der Gast besaß keine Bedeutung, war, selbst in seinen anspruchslosen Augen, ein Nichts, ein Blender. Grußlos zapfte er zwei Bier, knallte sie vor ihnen auf die Theke und beugte sich vor, wobei er unter dem gelblichen Schein der Thekenbeleuchtung und der verkrümmten Haltung aussah wie ein zorniger Junge mit gebrochenem Rückgrat. Dennoch, und das regte Hans` schriftstellerische Ader an, hatten seine blutunterlaufenen Augen etwas von ihrem früheren Zauber bewahrt, einer Hintergründigkeit, die ihn spontan an Wissen, an in Büchern Gelesenes, erinnerte. "Interessant, was der Herr hier verkündet", sagte Heinz mit einer Stimme, als raspelte sie Holz, "nur mit dem Beweis, da werden der Herr es schwer haben." Er zitterte unter der Anstrengung, als er rasselnd die Luft in seine vom langjährigen Zigarettenqualm angegriffenen Lungen quetschte. "Wohl sein."

Alois, plötzlich ernüchtert, erwiderte kleinlaut: "Entschuldigen Sie … und was Sie bezüglich meiner Theorie gesagt haben, so wird der technische Fortschritt, so hoffe ich, in wenigen Jahren den endgültigen Beweis dafür erbringen."

"Möglich." Heinz stemmte den Oberkörper hoch, watschelte zu den Spülbecken und ließ Wasser einlaufen. "Ist Mutter wieder zurück?", rief er nach hinten und als Maria verneinte, wünschte er Kurt zum Teufel und verfluchte dessen endloses Gequassel über die neuesten Frisuren, wie sie jetzt in New York, Paris, also bei der Haute Couture, getragen würden, und dass ihr Kopf – was er übrigens sämtlichen Frauen des Dorfes unter dem Mantel der Verschwiegenheit versicherte – geradezu ideal, ja wie geschaffen für die herrschende Mode sei.

"Residierst du ebenfalls in diesem noblen Etablissement?", fragte Alois, der die Stille nicht länger als ein paar Sekunden ertragen konnte, weil, wie er Hans in der Hütte erklärt hatte, sie mit der Zeit zu sprechen anfing. Bis unter das Kinn eingehüllt in warme Decken, den vom Sauerstoffmangel schläfrigen Blick über ihn hinweg in die Kindheit gerichtet, begann er zu erzählen, wobei seine Stimme kindliche Züge annahm. "Vater", sagte er und schloss für den Bruchteil einer Sekunde die Augen, kehrte zurück in das Haus in B., nahe der schweizerischen Grenze, und als er die Lider hob, schwer von Erinnerungen, trat an die Stelle des von der Wucht des Niedergangs verbogenen Raumes das dunkle Kellergewölbe. "Vater", fuhr Alois gedehnt fort, als müsse er zuerst Geruch aufnehmen, die Spur wieder finden, "war oft auf Reisen. Ein Wochenendvater, der sich in der Werkstatt verkroch, weil ihn Mutters Gekeife nervte und er mit mir, seit ich dem Windelalter entwachsen war, nichts mehr anzufangen wusste. Sein neues Spielzeug hatte den anfänglichen Reiz verloren, landete, wenn schon nicht im Schrank, außerhalb seiner Wahrnehmung. Nicht lange danach hatte er auch genug von Mutter und zog bei seiner langjährigen Geliebten ein. Mutter reichte die Scheidung ein und als er seine Habseligkeiten holte, das Werkzeug, kartonweise Bücher, Regale, die Couch samt Sessel und Nierentisch, die Kleider, würdigte er mich keines Blickes. Ich habe ihn erst Jahre später wiedergesehen. Da hatte er bereits seinen ersten Herzinfarkt, saß, aschfahl im Gesicht, die Augen eingesunken, trüb, seltsam leer, als hätte er sich bereits mit seinem Schicksal abgefunden, im Sessel, als er mich begrüßte; ein knorriger Zwerg. Am nächsten Tag ist er gestorben. 'Du bist schuld!', keifte seine Frau am Telefon. 'Dein Besuch hat ihn derart aufgeregt, dass ...' Sie starb letztes Jahr im Hospiz; ein älterer Mann soll ihre Hand gehalten haben. Die Trennung von ihrem Mann hat Mutter verändert, reduzierte ihre Welt auf mich, zwei Freundinnen, die sie morgens abgrundtief hasste und abends abgöttisch liebte oder umgekehrt, und die Sorge um unseren Unterhalt. Mit meinen schulischen Leistungen ging es trotz ihres unermüdlichen Einsatzes bergab und frustriert von mir, ihren unbegabten Klavierschülern, den Tanzbekanntschaften, die Sex wollten und keine verhärmte Frau mit Anhang, schlug sie mich immer öfter. Zuerst eine Ohrfeige, dann Links-Rechts-Kombinationen, die eines Profiboxers würdig gewesen wären, ehe sie dazu überging mich zu würgen, bis ich reglos unter ihr lag. Anschließend zerrte sie mich an den Haaren in den Keller, verriegelte die Tür und überließ mich der Dunkelheit. Zitternd vor Angst verkroch ich mich im hintersten Winkel, baute eine Mauer aus Kisten und Gerümpel um mich, doch es half nichts. Die Stille fand mich. Vergeblich hielt ich mir die Ohren zu: Versager, Nichtsnutz, Vatermörder, Strafe Gottes, höhnte sie. Deshalb muss ich reden, unaufhörlich reden, damit die Stille bleibt, was sie sein sollte: Stille."

"Ja", antwortete Hans, "im zweiten Stock nach hinten raus."

Mittlerweile war es halb acht geworden. Zwei junge Männer, Jeans, T-Shirt und Matrix-Sonnenbrillen, die bereits seit Jahren aus der Mode waren, grüßten Heinz, indem sie seinen Namen murmelten und über den Rand ihrer Sonnenbrillen blickten, bevor sie sich an den Tisch lümmelten, von dem aus die Küche und damit Maria einsehbar war. Der Ältere der beiden, ein schmieriger Bursche mit Gel im Haar, braunen

Zähnen und dümmlichem Grinsen, machte eine Bemerkung, worauf sein Begleiter unterdrückt kicherte, als traute er sich in dessen Gegenwart nicht mehr zu als unterwürfige Bewunderung.

Heinz schnaufte an den Tisch, knallte in gewohnter Manier die Gläser auf den Tisch, wobei er den Älteren keine Sekunde aus den Augen ließ. "Schon gut. Wir machen ja keinen Ärger", raunte der Bursche beschwichtigend und nippte an seinem Bier. "Weiß dein Vater, mit wem du deine Zeit verbringst?", fragte Heinz dessen Kumpanen, der hinter seinem Bier einschrumpelte wie überlagertes Obst. "Nein", entgegnete er kleinlaut und fügte dann halbstark hinzu: "Ich bin alt genug. Vater soll sich um seinen eigenen Mist kümmern!" Sein Kumpel unterstützte ihn, indem er zwei Mal zustimmend nickte. "So", meinte Heinz knurrend und sein Blick, der ein Rudel Bluthunde in die Flucht geschlagen hätte, quetschte den letzten Rest jugendlichen Rebellierens aus ihren Körpern. "Dann ist ja gut", knurrte Heinz, fletschte die Zähne und watschelte auf seinen angestammten Platz hinter der Theke zurück.

"Alle Achtung", kommentierte Alois den Auftritt des Wirtes beeindruckt. "Den möchte ich nicht zum Feind haben." Er kippte den Rest des Abbeizmittels in seinen Rachen. "Herrmann Grothe, ja genau … der kannte keine Furcht; wusste nicht einmal, wie das Wort geschrieben wurde."

"Grothe?", griff Hans schläfrig die Erinnerung auf. "Du hast mir nie von ihm erzählt."

"Gibt nicht viel zu erzählen", lallte Alois und schwieg geraume Zeit, die Bilder auf seiner inneren

Leinwand wie im Kino verfolgend. Fetzen von Dialogen hallten aus der Vergangenheit herüber, kreisten auf ihren Zeitscheiben um sein Denken, verfolgten ihn bei Tag und in der Nacht in den Träumen. Oft, wenn die Geschehnisse ihn aus dem Schlaf rissen, er in die Dunkelheit starrte, verpestete der Geruch von WC Reiniger die Luft. 'Mitkommen!' Der Befehl, scharf wie eine Rasierklinge, zerschnitt jeden Widerstand bevor er sich in den Köpfen der Jugendlichen manifestieren konnte. Klaus Hansen, Gruppenleiter, billige Kopie seines Vaters, einem ehemaligen Hauptsturmführer der SS, Anfang der fünfziger Jahre wegen Beteiligung an Kriegsverbrechen zu 25 Jahren Haft verurteilt, heiratete dieser nach seiner Entlassung ein 19-jähriges Ding, das ganz vernarrt in ihn, sein draufgängerisches Äußeres von früher war. Sie brachte zwei Kinder zur Welt, Klaus und den vier Jahre nach ihm geborenen Adolf. Ein Jahr später, die Staatsanwaltschaft ermittelte erneut gegen ihn, tauchte er unter und nie wieder auf. Unbestätigten Berichten zufolge, betrieb er eine Elektrowerkstatt in der Nähe von Buenos Aires, war verheiratet und Vater einer Tochter. Die Belastung von Beruf, Kinder und Ermittlungen zermürbten das arme Ding und es war Klaus vorbehalten sie zu finden, am Boden kauernd, den Kopf im Backofen. 'Ich will mich darin sehen können!', befahl die Stimme gefährlich leise, als verkünde sie eine Art Religion; das Gesicht, ein wechselndes Muster aus Schwarz und Weiß, Verdammung und Hoffnung, blickte auf sie herab wie das Antlitz Gottes.

Hans gähnte. "Und weiter?"

"Schade, dass er sterben musste. Jeder, der Herrmann kannte, wusste, er würde früher oder später ein Messer zwischen die Rippen bekommen. Ja, und so endete er dann auch; verblutete zwischen Abfallkübeln. Damals im Heim, da konnte ihm keiner was; hielt alle mit seiner großen Schnauze in Schach und wenn es darauf ankam, er sich mit den älteren Jahrgängen anlegte, konnte er kratzen, beißen, spucken und dazu Flüche ausstoßen, bis sie ihn blutig in der Ecke liegen ließen und selbst dann, spuckte er ihnen Blut und unverständliche Drohungen hinter her."

"Wurde sein Mörder gefasst?"

"Nein", antwortete Alois und betrachtete das Radio, einen braunen Kasten mit zwei Lautsprechern, aus dem leise Schlagermusik drang. Der Gastraum hatte sich weiter gefüllt. Links von Hans spielten ältere Männer Skat, droschen die Karten auf den Tisch: Und die, und die und die und zuletzt das As! Die beiden Burschen hockten immer noch über dem ersten Bier, kicherten wie pubertierende Mädchen auf dem Schulhof, die den Jungen nachstarrten und ihre Witze rissen, wobei sie Maria, die jetzt ihrem Vater im Gastraum half, verstohlene Blicke und anzügliche Grimassen zuwarfen, während Else das Kommando in der Küche übernommen hatte. Heinz Gruber, diesmal ohne Sohn, hockte zwei Plätze von Alois entfernt und schwatzte mit Heinz, der Bier zapfte, interessiert nickte und hin und wieder ein 'Hm' oder 'Jaja' von sich gab.

"Jazz", sagte Alois unvermittelt, "er liebte Jazz; Duke Ellington, Lester Young und natürlich Glenn

Miller. Soll in Drogengeschäfte verwickelt gewesen sein, behauptete die Polizei und hat die Akte, ich glaube es war letztes Jahr, endgültig geschlossen. Seine Freundin sagte, er hätte nie Drogen genommen und gehandelt erst recht nicht und dass daran nur diese Nutte schuld sei, diese Schlampe von dem Mirko, diesem brutalen Zuhälter, in die er sich verguckt hatte und die er unbedingt retten wollte." Alois lächelte starr. "Zwei Stunden muss er da gelegen haben, stöhnend, während das Leben aus seinem Körper sickerte, und niemand hat ihn gehört. Als ein Hausbewohner ihn schließlich fand, war er tot; der Körper noch warm. Pech! Er hatte nicht unser Glück."

Ein schwerer Gegenstand krachte gegen die Tür. Die Gespräche verstummten und sämtliche Augenpaare richteten sich auf den Eingang. Neuerliches Poltern, die Klinke wurde nach unten gedrückt; es herrschte atemlose Spannung, unterbrochen von Geräuschen in der Küche, fernes Donnergrollen, das Unheil verkündend in den Gastraum wehte. Die Tür schwang auf und ein Mann, gebückt, schob keuchend eine Holzkiste in den Raum.

"Nestor!", brüllte Alois, der zuerst die Fassung wiedererlangte. "Bühnenreifer Auftritt! Das muss man dir lassen."

"Alois", antwortete Nestor und richtete sich stöhnend auf. "Entweder werde ich alt oder das Ding schwerer", fluchte er lachend, stellte die Kiste an die Wand, warf die Tür zu und wankte mit ausgebreiteten Armen auf Hans und Alois zu. "Wäre der Anlass ein anderer, würde ich behaupten, dass es meine Beerdigung ist, die mich hierher geführt hat."

"Der Mann mit dem Koffer", begrüßte ihn Hans und spielte damit auf eine englische Krimiserie der späten sechziger Jahre an, die Nestor ebenso wie seine Puppen liebte und mindestens tausend Mal gesehen hatte.

"McGill", scherzte Nestor schlagfertig, "der Mann ohne Vornamen", fügte er lachend hinzu, während die Gespräche wieder aufflammten und das 'Und die, und die', wieder von einem Omablatt kündete.

"Drei Bier", sagte Nestor, der jetzt zwischen ihnen saß und sie abwechselnd musterte.

"Schleppst du den überall mit hin?", fragte Alois und deutete auf die Kiste, "oder fährst du weiter zu einem Gastspiel?"

"Morgen Abend in Zeitz. Kindergeburtstag."

"Kindergeburtstag?", wiederholte Hans, mit einem Anflug von Irritation in der Stimme.

"Sag nichts! Hab mich von meinem Agenten beknien lassen. Der kennt den Auftraggeber von früher, bevor er rüber machte und jetzt ist er mit Immobilien reich geworden: 'Richtig stinkreich', wie er betonte. Jedenfalls habe ich mich bequatschen lassen. Und sonst? Wie geht es euch?", erkundigte sich Nestor, nahm Heinz ein Glas aus der Hand und hob es in die Luft. "Prost! Wie heißt es so treffend? So jung kommen wir nicht wieder zusammen. Also, in diesem Sinn." Sie stießen an, leerten ihre Gläser in einem Zug und rangen, die weißen Bärte abwischend, um Atem. "Neuer Roman?"

"Bisher nicht. Ich arbeite da an einem Projekt … Aber über ungelegte Eier …", ergänzte Hans nachdenklich, als wähle er jedes Wort mit Bedacht.

"Über uns also", stellte Nestor fest. "Nur zu, Hans! Ich habe dagegen nichts einzuwenden. Du etwa?", sagte er und wandte sich zu Alois um, der gerade eine Lage Abbeizmittel bestellte.

"Wogegen habe ich nichts einzuwenden?"

"Dagegen, dass Hans unsere Geschichte in einem Bestseller verewigt", klärte Nestor ihn auf.

"Nun", entgegnete er mit zuckendem Adamsapfel, "grundsätzlich spricht nichts dagegen und", fügte er nach einer kurzen Pause hinzu, "die Endfassung bezüglich meiner Theorie, der neuen, könnte ich dir in den nächsten Tagen zukommen lassen. Die Änderungen bezüglich der Stringtheorie sind außerordentlich bedeutsam, denn damit besteht die Möglichkeit, dass unser Kosmos eine Art Prägung des vorigen Zyklus besitzt, ähnlich der DNA", erklärte er Nestor und rutschte dabei aufgeregt wie ein Kind an Weihnachten Stunden vor der Bescherung auf seinem Hocker hin und her. "Vorher", er schlug mit der flachen Hand gegen die Stirn, "ich war auf einem Auge blind. Erst als die Lawine die obere Hälfte der Hütte fortgerissen hatte", fuhr er fort, die Bilder von damals vor Augen. Er zitterte plötzlich. Kälte drang wie Schmelzwasser durch die Ritzen der Decke, regnete herab und gefror auf dem Boden. Letzte Reste des Feuers glimmten im Ofen; die Wärme zog sich zurück, verkroch sich unter der Asche, ließ den tauenden Schnee gefrieren. Eingesperrt in Dunkelheit, bedrängt von Erinnerungen, letzter Schutzwall gegen die nackte Todesangst, die mit der Kälte in den Körper kroch, an Nerven und

Gedanken zerrte, sie trotz der Nähe vereinzelte. "Unausgegoren", stellte er zum zweiten Mal fest, massierte mit Daumen und Zeigefinger das unrasierte Kinn und aus der Konversation wurde ein Monolog. "Dilettant! Genau das war ich: Ein dilettantischer Laie! Schund!", fluchte er ungehalten. "Wenig durchdacht und … Illusion. Ja! Wahn … dort oben habe ich es begriffen und noch etwas ist mir klar geworden: Die Theorie, das Feld, die darin gespeicherten Fakten … Lebensfeld, Nebensache …", folgte Alois halblaut dem Bewusstseinsstrom, spuckte Wörter, Satzfetzen, Bruchstücke von Gedanken wie ungenießbaren Kautabak aus, starrte in den inneren Spiegel, unfähig den Blick abzuwenden. Die Augen tränenfeucht, gerötet, sondierten mit kaltem Glitzern die Dunkelheit, als nähmen sie darin sich selbst zur Kenntnis. "Hochtrabendes Gefasel, das weder der Wahrheit entsprach, noch die Illusion, ein Genie zu sein, länger aufrechterhalten konnte. Die Mühen … Zeit … den größten Teil des Lebens vergeudet. Narr, der ich war! Die Theorie … Unsterblichkeit … wo selbst die unbedeutendste Handlung eines Bettlers in der Zukunft Bedeutung erlangen kann." Er lachte sein Lachen, kippte den Abbeizer in den Rachen, verzog das Gesicht, schüttelte sich. "Der Bettler war ich, und die Handlung von Bedeutung der in den vergangenen Jahren produzierte Schund. Unsterblichkeit … ja! Danach strebte ich, aber im Jetzt und Hier … nicht erst im Tod … Anerkennung, nicht Ruhm. Ich wollte wahrgenommen werden, raus aus dem Nichts … der verfluchten Masse an Menschen, die dich verschluckt … nein!", verbesserte er sich, wobei ein schiefes Grinsen seine Gesichtszüge zusammenhielt, "nie ausspuckt. Die zerkaut dich unbesehen, ohne Genuss, einfach so, weil das Leben nun einmal so ist. Wenn du ins Licht kommst, was bist du dann?", fragte er und beantwortete die Frage selbst: "Ein stinkender Haufen, der, bevor er üblen Geruch verbreiten kann, mit Dreck zugedeckt wird, der synonym für ihn selbst steht. Hätte das Dach dem Druck nachgegeben, es wäre mir in diesem Moment gleichgültig gewesen; ich hätte meinem Leben keine Träne nachgeweint." Alois` Kopf senkte sich, kraftlos, wie bei einem Dahinsiechenden, bei dem Morphium statt Blut durch die Adern pulsierte und Schmerzen sich in liebreizende Träume verwandelten.

"Es ist vorbei", sagte Nestor energisch und kümmerte sich um Alois, indem er ihm den Arm auf die Schulter legte und mit der Hand aufmunternd drückte.

"Ja. Nein … es ist nie vorbei …"

"Noch eine Lage?", fragte Heinz, als er die leeren Gläser abräumte, und während Hans und Nestor abwehrend die Hände hoben und im Chor sagten: "Lieber nicht", nickte Alois, erhob sich schwerfällig und ging, an ein welkes Blatt im Wind erinnernd, im Zickzackkurs zur Toilette.

"Was hat er denn?", fragte Nestor erstaunt. "Wollte er nicht im Herbst sein neues Sachbuch vorstellen?"

"Ist fertig. Er will, dass ich es meinem Verlag anbiete. Und du? Unterwegs wie eh und je?"

Nestor schüttelte den Kopf. 'Was soll ich antworten? Dass es mir zunehmend schwerer fällt, tagein tagaus in billigen Hotels zu übernachten, wo die ganze Nacht über die Klospülung rauscht, spitze Schreie der Wolllust das Einschlafen verhindern, Leuchtreklamen die nach Erbrochenem und Schweiß stinkenden Zimmer abwechselnd in gleißendes Licht und flirrende Dunkelheit tauchen; Betrunkene grölend die Treppe rauf und runter trampeln, weil nur der Pförtner den Schlüssel zum Heiligtum besitzt, zumeist trunksüchtige alte Männer, die, wenn sie nicht trinken, schnarchend vor sich hin dösen, zur krächzenden Musik alter Schlager, die vierundzwanzig Stunden am Tag dem Radio entströmen, wie die Fliegen aus der verdreckten Küche. Dass erst mit dem Morgengrauen überhaupt an Schlaf zu denken ist, traumlose Stunden, die den Alltag ausradieren, wie der neue Tag die ganze Vergangenheit, Hoffnung produziert, bis sie, unter den wuchtigen Schlägen des Besitzers, zerstäubt wird, der das Gesindel loswerden will, es auf die Straße treibt wie der Bauer sein Vieh zur Weide, weil die nächste Flut Ausgestoßener bereits in den Startlöchern steht, mit den Füßen scharrt und so den zerschlissenen, längst seiner Muster beraubten Teppich im Eingang über die Jahre pulverisiert hat'.

"Ja", sagte er und warf einen flüchtigen Blick auf seine Holzkiste, Residenz der letzten ihm verbliebenen Freunde. Sie wurde täglich schwerer, zumindest empfand er es so, auf den Schultern, zu Fuß oder wenn das Geld reichte, mit dem Bus zum Bahnhof und er hörte: Das Rattern der Räder, ihr einschläferndes Geräusch und das Vorbeiziehen sich wiederholender Landschaften. Knospende Bäume im Frühling, wenn die letzten Reste des Winters in der Sonne schmelzen; Schneemänner, von kreischenden Kinderhänden gerollt und aufgetürmt, Krüppel ohne Augen, den Kochtopf schief auf dem Kopf, allein von der Nase gehalten, starrten sie blind in die Zukunft. Der Sommer mit seiner Hitze, der die Züge aufbläht wie verstopfte Gedärme, die Menschen ans Meer und ihn in verwaiste Hotels treibt, und während dort die ölglänzenden Körper von kühler Meeresbrise umspielt am Strand in der Sonne schmoren, den Urlaub, Wein, Weib und Gesang genießen und die Kinder Kinder sein lassen, sprich sich selbst überlassen, hockt er irgendwo in der Ödnis auf dem Bett, der Hintern wund von gebrochenen Stahlfedern, den Geräuschen der ländlichen Natur lauschend, repariert seine Freunde und hofft vergeblich auf eine verirrte Brise kühler, zumindest erträglicher Temperatur. Das alles hätte er sagen können und wenn er schon am Erzählen war, gleich die Katrin mit hineinstopfen, die ihn geliebt hatte und die ihn, Jahre später, ziehen ließ, weil sie kein Wandervogel ist, die Heimat, ihr Zuhause, dieses Dorf in Norddeutschland liebte. Der Vater, ein kahlköpfiger Brummkreisel, mit dicken Fingern, die zupacken konnten, krummen Beinen und von Wind und Wetter gegerbtem Gesicht, Überbleibsel der Jahre auf See, wo er die ganze Welt bereiste, bis die Frau daran zerbrach, innerhalb weniger Monate zerfiel, praktisch verhungerte, weil des Lebens, der Einsamkeit überdrüssig, die sich heimlich still und leise in ihr Leben geschlichen hatte, unbemerkt, wie Einbrecher in der Nacht in Häuser eindringen, so stahl ihr die Krankheit das Wertvollste, die Lebenskraft. Die Katrin kam bei Verwandten unter und später, sie war bereits dreizehn, nahm der Vater sie zu sich, weil er sesshaft werden, der See adieu sagen wollte. Jetzt ist er tot und die Katrin geschieden, mit vier Kindern im Gepäck, das älteste, eine Tochter, verheiratet und längst aus dem Haus, und das jüngste, ebenfalls eine Tochter, ein Nachzügler, geht noch in die Schule. Auch das hätte er sagen können, als er überlegte, ob er die Katrin nicht mal besuchen sollte. Stattdessen antwortete er und lachte dabei wie über einen guten Witz: "Ja. Heute hier und morgen dort."

Alois kam zurück, kippte den Abbeizer weg und sagte mit einem Alkoholpegel, der weniger Trainierte bereits ins Krankenhaus gebracht hätte: "Nacht, ihr beiden. Ich bin müde, die Fahrt und ... bis morgen."

Nestor nutzte die Gelegenheit und schloss sich ihm an.

Hans sah auf die Uhr. Kurz nach zehn. Allmählich machte er sich Sorgen um Petra. Hoffentlich hat sie sich nicht verfahren, dachte er, und beobachtete, um sich abzulenken, die Menschen im Gastraum. Die Alten in der Ecke hatten ihr Spiel beendet, brüteten schweigsam über den Resten ihres Bieres, dachten über den Tag, das Spiel, den kommenden Tag nach. Die jungen Burschen waren inzwischen gegangen, hatten ihren Platz einem Pärchen geräumt, sie höchstens Mitte zwanzig, er gut und gerne doppelt so alt, hielt mit der Rechten ihre Hand und redete wie ein besorgter Vater auf sie ein. Sie, ein blondes Ding mit krausem Haar, kicherte nervös, blickte aufgeregt wie ein Schulkind, das für die Eltern einen blauen Brief im Ranzen trug, zwischen seiner Nase und der sie jetzt tätschelnden Hand, die rau und ebenso feucht wie die Zunge eines Hundes war, hin und her. "Ach was!", hörte er den Mann verächtlich sagen, wobei er aufblickte, als hätte er bereits zu viel und es überdies zu laut gesagt. Der alte Gruber unterhielt sich mit Else über Thema Nummer eins im Ort: Sybilles Tod und Beerdigung. "War ein braves Kind, die Sybille", näselte er verschnupft, legte eine Pause ein, damit Else ihm zustimmen konnte, und fuhr dann fort: "Hat ihren Eltern nie Kummer bereitet, die Sybille. Immer die Beste, ob in der Schule oder später im Beruf." Else nickte, schrubbte dabei die verblichenen Chromteile der Spüle, und Gerber, mit trüben, von Alter und Alkohol gezeichneten Augen, sah ihr zu und schlürfte sein Bier. "Und deine Maria? Immer fleißig, das Kind." "Kann nicht klagen", antwortete Else und richtete sich ächzend auf. "Noch eins?" Gerber schüttelte den Kopf.

In diesem Moment wurde die Tür aufgestoßen. Petra, links und rechts mit Einkaufstüten bepackt, trat ein und stolzierte pfauenhaft auf Hans zu.

"Dich gibt es noch", sagte sie in einem Tonfall, der zwischen Ärger und Belustigung wechselte. "Wo warst du denn vorhin?"

"Petra", erwiderte Hans mit leiser, unsicherer Stimme. "Ach, übrigens! Alois und Nestor sind da. Wohnen ebenfalls hier. Ist das nicht komisch?", fragte er, und hatte etwas Angst, dass Petra ihm eine

Szene oder zumindest heftige Vorwürfe machen würde. Doch er täuschte sich. Ihr Zorn war verraucht, wozu die Einkäufe, allesamt Schnäppchen, wie sie betonte, in nicht geringem Maß beigetragen hatten.

"Hilfst du mal?", stöhnte sie entnervt und hielt ihm die Hälfte ihres Einkaufs hin.

"Natürlich", antwortete er beflissen, nickte der Wirtsfrau zu und folgte Petra, wie ein treuer Gefährte, auf das Zimmer.

'Deprimierend', dachte Hans, mitten im Zimmer stehend, als Petra die Taschen auf das Bett warf, die Schuhe mit der Bemerkung abstreifte: "Die Dinger bringen mich noch um."

"Weshalb ziehst du sie dann an?", fragte Hans, obwohl er die Antwort, 'Weil sie schick sind', längst auswendig kannte. Das Zimmer wirkte wie ein Museum, war vollgestopft mit schweren, unbequemen Möbeln: Kommode, dunkel gebeizt mit Wasserflecken; Schrank, ein Ungetüm, das bis unter die Decke reichte und das Haus vermutlich vor dem Einsturz bewahrte; Bett, durchgelegen, mit angeschraubten Nachttischen und alles versprechend, nur keinen erholsamen Schlaf; zwei besonders hässliche, mit rosa Blumenmuster überzogene Sessel; Beistelltisch, Steinmosaik, in dem zahlreiche weiße Lücken klafften, darauf eine Flasche Sprudel, zwei staubige Gläser, mit Resten von rotem Lippenstift; Kleiderständer, der mit seinen abgebrochenen Haken wie ein gerupfter Kaktus aussah, und zuletzt ein Monstrum von Truhe unter dem Fenster, deren dunkles Geheimnis ihn nicht im Geringsten interessierte. Hans dachte: 'Gary Grant hätte in Arsen und Spitzenhäubchen die Truhe besser ungeöffnet gelassen.'

"Was stehst du da rum wie ein begossener Pudel", kläffte Petra, entwand ihm die Tüten und begutachtete ihre Schätze. "Hier!", sagte sie und hielt ihm eine schwarze, kurzärmelige Bluse vor das Gesicht. "Für morgen, dachte ich. Was meinst du?"

"Ja", antwortete Hans, "genau das Richtige bei der Hitze." Ihm wurde warm, er fühlte, wie Petra hinter ihm die Bluse anstarrte, in ganz gespannter, unwürdiger Erwartung.

"Ist das alles, was du dazu zu sagen hast?", hakte sie nach, jedes Wort, ein tödlicher Schuss, und stampfte mit dem Fuß auf. Sie wartete. Hans hörte sie hinter der Bluse atmen.

"Was willst du, dass ich sage?", wollte er von ihr wissen, faltete Hilfe suchend die Hände und flehte um spirituellen, sprich göttlichen Beistand. Ihre Arme sanken gefährlich langsam herab.

"Ich interessiere dich einen Scheiß", warf sie ihm, wie so oft in den letzten Monaten, vor, schleuderte die Bluse achtlos auf das Bett und stemmte kampflustig die Hände in die noch immer ansehnliche Hüfte. "Und? Ich warte!", provozierte sie. "Erst schleppst du mich in dieses öde Nest, dann soll ich hier alleine in dieser Kaschemme sitzen und auf den Herrn warten, bis er geruht nach Hause zu kommen!"

'Sie ist eine Mörderin', dachte Hans und nahm den so unerwartet auftauchenden Gedankengang, mit einer Gelassenheit zur Kenntnis, die ihn selbst überraschte. 'Und', fuhr er in Gedanken for,: 'sie wird mit diesem kaltblütigen Mord ungestraft davonkommen. Raus aus deinem Versteck, Hans! Der Krieg ist längst vorbei, die Schlacht verloren. Sieh den Tatsachen in die Augen. Natürlich wird es wie ein Unfall aussehen und es hätte ja auch einer sein können. Bleib ruhig, Hans. Trag es wie ein Mann, dein Schicksal. Niemand, weder Polizei, eifrige Reporter noch deine Freunde werden den Schleier der Wahrheit lüften; ein bedauerlicher, sicherlich vermeidbarer Unfall. Das Herz, werden sie sagen, und Schicksal, Hans.' Sein Herzschlag schnürte ihm den Hals zu. Er schluckte trocken, versuchte die Taubheit in seinem Mund, seinem Hals damit zu vertreiben. Plötzlich fiel ihm das Denken schwer, er schwindelte, fühlte ein Stechen in seinem linken Arm, wie des Öfteren in den letzten Monaten, und spürte, wie die Angst unaufhaltsam mit jedem Atemzug über das Adergeflecht in seinen Körper kroch.

"Wahrscheinlich hast du überhaupt nicht bemerkt, dass ich fort war!", schleuderte sie ihm an den Kopf, die Augen zusammengekniffen, schmale Sehschlitze, hinter denen sie zum Kampf rüstete.

Schicksal. Das Wort öffnete Schleusen: Gedanken, tödliche Geschosse aufgrund der Anstauung, schlugen kleine, hässliche Löcher, durch die sich spindeldürre Lichtfinger pressten und geisterhaft über Erinnerungen huschten. Holger, der nach etlichen Drinks an der Bar behauptete, er könne ihm, Hans, jedes Mädchen hier drin besorgen. 'Such dir eine aus, mein Lieber, und ich bequatsche sie.' Betrunken und frustriert, weil Heike ihm heute Mittag den Laufpass gegeben, ihn zusätzlich als Lachsack betitelt hatte und Händchen haltend mit Chris von dannen gezogen war, sagte er: 'Die dort, mit den kurzen Haaren.' Chris oder mit vollem Namen Christian Schlüter, Sohn vom alten Schlüter, dem die Kartonagefabrik gehörte und bei dem die Hälfte der Einwohner in Lohn und Brot standen, war ein Schrank von Mann, bestückt mit dicken Muskelpaketen, die ebenso protzig an ihm hingen wie die Diamantringe, Zeugnisse der Seitensprünge ihres Mannes, an den dicken Fingern seiner Mutter, der besaß, was Heike sich wünschte, sogar ein winziges Fach, gut versteckt hinter dümmlich blickenden Augen, das die paar Gramm Hirn beherbergte, die zum Überleben des Körpers notwendig sind. Holger schaffte es tatsächlich und er blieb an ihr kleben, weil sie ihm stöhnend das Leben aus den Hüften quetschte; ihm, der außer ein paar Streicheleinheiten von Heike in Sachen Sex nicht nur unerfahren, sondern rein wie ein unbeschriebenes Blatt war. 'Sie spielte ihre ganze Raffinesse aus', dachte Hans, kehrte, weil Petra seine Brust mit den Fäusten bearbeitete, in die Wirklichkeit, die Scheußlichkeit des Zimmers zurück.

"Ich bin dir doch völlig egal!", feuerte sie die erste Salve zielgenau ab. "Du denkst doch nur an dich, deine dämlichen Romane, und ich kann zusehen, wie es mir geht!"

"Nein", wiegelte Hans ab, der Ausbrüche dieser Art hasste und vergeblich nach einer Fluchtmöglichkeit Ausschau hielt. Sollte er noch ein Bier trinken gehen? Alois wecken und Abbeizer kippen, bis die Welt friedvoll hinter glasigen Augen versank, oder zu Nestor gehen, der stets Rat wusste, selbst in Situationen, die ausweglos schienen? Stattdessen knöpfte er das Hemd auf, ließ es auf den Sessel gleiten, gefolgt von Schuhen und Hose, und legte sich ins Bett, die Arme hinter dem Kopf verschränkt.

"Schweigen! Was sonst!", bellte Petra ungehalten, eine ihrer üblichen Phrasen benutzend, und stürmte ins Bad, wo er sie mit ihren Flaschen hantieren hörte.

Noch immer die Schläge in seiner Brust, die Taubheit in Mund und Rachen spürend, klappte er die Lider zu und stellte mit alkoholgetränkter Zufriedenheit fest, dass die Wirtin, was das Zimmer betraf, zumindest in einem Punkt nicht gelogen hatte, es war ruhig. Hans hörte, wie das Wasser lief, Petra prustete, und plötzlich beschlich ihn das Gefühl, etwas verloren zu haben. Nicht hier und heute, sondern vor über einem Jahr in der Hütte. Der Abend verlief den Umständen zum Trotz in angenehmer Atmosphäre. Alois schlief oben im unteren Teil. eines der drei Stockbetten, seinen Rausch aus, die Schwestern und er am Tisch, betrunken, lachend, die Blicke auf Nestor gerichtet, der mit seinen Puppen hantierte.

"Darf ich mich vorstellen", sagte Nestors ältester Freund und neigte den länglichen Kopf; glänzende, tischballgroße Wangen, rote gelockte Haare, weiß gestrichenes Kinn, das jetzt klappernd den Boden berührte: "Anton". Die Hände steckten in weißen Handschuhen, mit denen er jetzt, nachdem er am Klavier Platz genommen hatte, die Rockschöße des Fracks glatt strich und zu Nestors Gesang in die Tasten des Flügels griff. Nach der Darbietung klatschten die

Schwestern Beifall, Hans grüßte mit dem Glas, Nestor und Anton verneigten sich dankbar, gerührt vom Beifall und den die Darbietung lobenden Zurufen. Sie köpften eine weitere Flasche Wein, während draußen der Sturm tobte, und die Masse an Neuschnee, die er im Gepäck trug, brachte ihre bunt zusammengewürfelte Gruppe dem in den Morgenstunden sich ereignenden Unglück näher. Kurz nach zwölf, das Feuer gloste unsichtbar unter der Asche, machte sich, trotz des genossenen Alkohols, die Kälte bemerkbar. "Brr", sagte Sybille und rieb sich die Oberarme. "Mir reicht`s. Ich geh ins Bett." Eris schloss sich ihr an, ebenso Nestor und er, die sich eine der wackligen Konstruktionen teilten.

Hans schlief ein.

Fünf

Hans saß in der Ecke des Gastraums, dort wo gestern die beiden Halbstarken gesessen und ihre Witze gerissen hatten, und bestrich die untere Hälfte eines Brötchens dick mit Himbeermarmelade. 'Die ist noch von meiner Mutter, Gott hab sie selig', hatte Else ihm erzählt und war dann, weil die alte Kaffeemaschine noch Zeit zum Heizen benötigte, ins Reden gekommen. 'Weihnachten sind wir noch alle zusammengekommen, hier bei uns, weil wir den meisten Platz haben. Die Kinder können draußen spielen und die Männer', erklärte sie und kratzte sich an der Nase, 'haben es leicht mit dem Trinken. Mutter, im

August 95 Jahre alt geworden, die führte das Kommando – an der ist ein General verloren gegangen', scherzte Else, wobei die Maschine im Hintergrund wie eine alte Dampflok röhrte und prustete. 'Gleich soweit', vertröstete sie Hans und fuhr aus dem Fenster blickend fort: 'Mutter hat die Männer im Griff gehabt; waren folgsam wie gut erzogene Kinder und wehe, es lief nicht, wie sie wollte. Dann hätten sie Mutter erleben sollen. Fluchen konnte sie, da wäre Ihnen Hören und Sehen vergangen.' Stotternd kam die Maschine zur Ruhe. 'Ja, Mutter, die hatte Haare auf den Zähnen', sagte Else und ging lachend und kopfschüttelnd weiter ihrer Arbeit nach.

Er köpfte gerade sein zweites Ei, als Alois verschlafen, mit struppigem Haar und jammernd zu ihm an den Tisch schlurfte. "Dieser Abbeizer", meinte er halblaut und mit einer Stimme, die so rau war, dass er damit hätte Holz schleifen können, "der ist heimtückisch; der tötet langsam über Tage hinweg." Behutsam, als wäre er aus Meissener Porzellan, sackte er auf die Eckbank.

"Du siehst bescheiden aus", bemerkte Hans, der sein Ei salzte.

"So fühle ich mich auch", antwortete Alois ohne aufzusehen, der, nachdem ihm Else drei Aspirin in ein Glas Wasser gerührt hatte, mit einem müden 'Bis später' zurück ins Bett schlurfte.

Hans sah auf die Uhr, die zwanzig nach neun anzeigte, und überlegte, ob er Petra wecken oder lieber schlafen lassen sollte. Er entschied sich für Letzteres, trank den lauwarmen Rest Kaffee und verließ unbemerkt den Gastraum. Draußen war es angenehm warm, doch der wolkenlose Himmel versprach einen weiteren drückend heißen Tag. An der Bushaltestelle standen lärmend ein paar Kinder; die vollgepackten Schulranzen auf dem Rücken, hielten sie sich gegenseitig die Handys vor das Gesicht, kommentierten das Gesehene mit kreischendem Gelächter oder indem sie den anderen anstießen, an den Haaren zerrten. In der Luft hing der Geruch von frisch gemähtem Gras. 'Seltsam', dachte Hans, und wurde durch den Bus, ein klappriges Gefährt, das ins Museum und nicht auf die Straße gehörte, abgelenkt. Die Kinder verschwanden im Innern des schaukelnden Ungetüms, das sich, nachdem der Fahrer krachend den Gang eingelegt hatte, widerborstig in Bewegung setzte, dabei Geräusche verursachte, als ob in seinem Bauch Hunderte von Schraubenkästen durcheinanderpolterten.

An der nächsten Straßenecke blieb Hans stehen, gab einem unbewussten Impuls nach und stand keine Minute später in Mutter Hansens Laden, nachdem er die drei Stufen bewältigt und die mit einem vergilbten Vorhang bewehrte Tür geöffnet und damit die Glöckchen, die über eine Eisenkonstruktion am Türrahmen befestigt waren, zum Läuten gebracht hatte. Die Stille zerbrach, klirrte um ihn herum zu Boden wie splitterndes Glas, während er schnell die Tür schloss und damit die Glocken erneut zum Protest heraus forderte.

"Komme sofort!", hörte er Mutter Hansen von hinten, vermutlich aus der Küche, rufen, weil der verführerische Duft frischgebackenen Brotes im Laden hing, der Hans innerhalb eines Augenblicks in die Kindheit zurück versetzte. Vor ihm die Verkaufstresen: Glas, schmierige Abdrücke von Kinderhänden, weil die auf dem schmalen Podest standen, das eigentlich zum Abstellen von Einkaufstaschen gedacht war, und die Nase platt drückten und darauf warteten, dass sie ihren Anteil am Einkauf, den unverkäuflichen Wurstzipfel, zum Abschied in die vor Aufregung feuchte Hand gedrückt bekamen und auf Mahnung der Mutter: 'Wie heißt das?', artig mit 'Danke' antworteten, ohne die Augen von der Köstlichkeit abzuwenden. Wurst, Schinken, Käse, runde oder quadratische Blöcke, von denen entweder mit der Maschine, deren 'ssst, ssst', er nie vergessen würde, dünne Scheiben abgeschnitten wurden oder mit dem großen Messer ein Stück, breit wie drei Finger und schwer wie ein voll beladener Lastwagen. Auf dem Tresen, in Sichtweite und doch unerreichbar weit fort, Gläser, gefüllt mit Brausestangen, Gummifiguren, denen zuerst der Kopf abgebissen wurde, knurrend und mit entblößten Zähnen. Gleich daneben die Kiste mit den Fußballtüten; Inhalt jeweils drei Bilder, die jeder Junge in seinem Alter sorgsam in ein Album klebte oder, je nach spielerischer Qualität des Spielers, die von der Zugehörigkeit des Vereins, den errungenen Titeln oder Platzierungen ebenso abhing wie der Umstand, ob er bereits in der Nationalmannschaft gespielt hatte oder nicht, eins zu eins, zwei, drei – nach oben gab es keine Grenze – getauscht wurden. Hinten an der Wand, Körbe mit verschiedenen Brötchen, Milchbrötchen, Mohnbrötchen und natürlich Brezeln, Hörnchen und mit Salz oder Kümmel bestreuten

Stangen. Darüber Brote, übersichtlich angeordnet wie Mutters gutes Besteck, das noch von der Mutter ihrer Mutter stammte, nur zu Weihnachten und ähnlich bedeutsamen Anlässen aus dem mit rotem Samt eingeschlagenen Kasten, in dem jedes Teil ein eigens dafür geformtes Fach besaß, genommen, mit Silberputzmittel auf Hochglanz poliert und dann tatsächlich auch benutzt wurde, ehe es wieder für Monate im Kasten und auf dem Kleiderschrank der Eltern im Schlafzimmer verschwand; Brot in sämtlichen nur vorstellbaren Formen, hell, dunkel, manchmal schwarz wie das Gesicht des Höllenfürsten oder mit Körnern bestreut, die sich über den ganzen Tisch verteilten, wenn man hineinbiss. Die Regale an den Wänden reichten bis zur Decke, gefüllt mit Tüten, weißen und unscheinbaren, worauf lediglich ein einfacher schwarzer Schriftzug über den Inhalt Auskunft gab, andere grellbunt, mit Bildern von Kindern, Landschaften, glücklichen Kühen und versehen mit marktschreierischen Hinweisen, dass dieses Produkt Mutters Bestes, das Gesündeste und Hochwertigste sei, das von den Ärzten, Wissenschaftlern und auf die Gesundheit ihrer Lieben bedachten Müttern und Hausfrauen empfohlen werde. Am Boden, kreisförmig aufgetürmt, Waschmittel, Seifenboxen, verziert mit exotischen Blüten, gehalten von sauberen Händen ohne Schmutz unter den Nägeln, und ihr Geruch reizte die Nase, bis man niesen musste oder Mutter einen fortzog. Abends, wenn draußen der Verkehr zunahm, standen oft die Männer im Laden, die abgewetzten Ledertaschen unter die Arme geklemmt, mit Fläschchen in der

Hand, an denen sie saugten und schlürften wie die Tochter von Ursula, die unter ihnen wohnte und nachmittags, wenn er auf dem Balkon für den nächsten Schultag lernte, glucksend, mit vor Glück geschlossenen Augen am Busen nuckelte. 'Zwei Jäger!', riefen sie, oder 'Noch einen!', dann knirschte auch schon der Verschluss und gluckernd verschwand der Inhalt im Mund, wärmte den Magen und mit jeder Flasche loderte die Glut heißer, floss zäh wie flüssiges Gestein durch das Geflecht der Adern und Nerven, hellte die Stimmung auf, bis die verhasste Arbeit, der Feierabend mit Frau und Kindern, ihr Schweigen, die verstohlenen, von Furcht geprägten Blicke während des Essens bedeutungslos erschienen, abgetrennt wie ein entzündetes Glied, ohne Zusammenhang mit dem Mann, der hier zufällig gastierte, hereingeweht wie ein welkes Blatt im Herbst, und dem jetzt das Leben erträglicher vorkam als vor zwanzig Minuten.

"Guten Morgen, junger Mann", begrüßte ihn Mutter Hansen und rückte ihren Dutt mit beiden Händen zurecht, "aber der Backofen … huch!", rief sie und lächelte, so wie alle Großmütter lächeln, wenn sie überfordert sind, "aber die ganzen Schalter und Knöpfe und … das können Sie sich nicht vorstellen; so viel Technik. Was hätten Sie denn gerne?", beendete sie mit der Frage an Hans ihren Kampf mit dem Backautomaten, einem schwarzen Kasten mit fünf Sichtfenstern zum Aufklappen, der gefüttert werden wollte, klingelte und piepste und die Küche von Mutter Hansen drei Viertel des Tages in eine Sauna verwandelte.

"Ich weiß nicht", krähte er und rieb, um der aufkeimenden Nervosität Herr zu werden, seine Hände an den Schenkeln. "Geben Sie mir bitte drei Brezeln und …"

"Sind in fünf Minuten fertig", unterbrach sie ihn und fügte hinzu: "So viel Zeit werden Sie doch haben, nicht?"

"Ja, natürlich."

"Wissen Sie, die jungen Leute heute haben alle keine Zeit mehr. Kommen herein, rattern ihre Bestellungen herunter und stürzen aus dem Geschäft, ohne Gruß und … maulfaul und schlecht erzogen. Zu meiner Zeit hätte es das nicht gegeben. Und Sie?"

"Zur Beerdigung", konnte Hans noch sagen, bevor Mutter Hansen zu erzählen anfing, von den Erdmanns, ihren Kindern und ihrem Mann, dem Kurt, der leider viel zu früh gestorben sei, gerade sechzig geworden, und der damals noch lebte. Einfach eingeschlafen sei er und so ein friedliches Gesicht habe er am Morgen gehabt, wie ein Engel. "Und die Sybille", meinte Mutter Hansen, zupfte dabei die Haare am Kinn, wobei sie die andere Hand flach in Höhe der Hüfte auf und ab bewegte. "So groß war sie damals, als sie zum ersten Mal allein ins Geschäft zum Einkaufen kam. Die waren ja wie Tag und Nacht, die beiden. Die Sybille, also wissen Sie, ich kann es immer noch nicht fassen, dass sie jetzt tot sein soll; so eine junge Frau. War ein stilles Kind, stand ruhig da, wartete, bis es gefragt wurde, aber hat alles beobachtet. Neugierig war sie. Und die Eris hatte nichts mit ihrer Schwester gemein. Ein verkappter Junge. Und jetzt? Aber irgendwie kommen Sie mir bekannt vor, Herr …?"

"Kümmelkorn", antwortete Hans.

"Sagt mir jetzt nichts, Herr Kümmelkorn", murmelte sie nachdenklich. "Doch Ihr Gesicht."

"Bilder von der Rettungsaktion?", half Hans mit einem freundlichen Lächeln ihrem Gedächtnis auf die Sprünge.

"Ja!", rief sie und schlug mit der Faust in die flache Hand. "Ich vergesse nie ein Gesicht", sagte Mutter Hansen, nicht ohne einen gewissen Stolz, wobei sich ihre runden, scharfen Augen aufhellten und sie für einen Moment um Jahre jünger machten. In der Küche klingelte der Automat. "Moment! Bin gleich zurück." Hans hörte, wie sie das Blech herauszog, und sofort stieg ihm der Geruch frischer Brezeln in die Nase. Er schnupperte wie ein Hase im Wind, als fürchte er Feinde oder den Verlust der Beute. "So, jetzt müssen sie nur noch abkühlen. Das Unglück in den Alpen, hat Magrit, ihre Mutter, immer gesagt, hat die Kinder verändert. Da, wo Sie jetzt stehen, hat sie gestanden; noch keinen Monat ist das her. Ich sehe sie noch vor mir, in ihrem karierten Hauskleid, die Augen rot und geschwollen vom Weinen, und da hat sie erzählt, dass die Kinder wie ausgewechselt wären. Wie in den Filmen, hat sie gemeint, und ich habe das zuerst gar nicht begriffen, mit dem Körpertausch und in die Haut des anderen schlüpfen. Mit jeder Stufe, die Eris bei Wachutke in den letzten Monaten nach oben kletterte, und er hält, so hat mir der Wagner unter dem Mantel der Verschwiegenheit berichtet, große Stücke auf die Eris, stieg Sybille eine herab, als fordere das Schicksal ein Gleichgewicht in seinem Tun. Ja, die

Sybille? Magrit hat nur enttäuscht abgewunken und – ich sehe sie vor mir – ihre Tasche umklammert und den Tränen nahe gesagt, dass Sybille jetzt mit einem Mann zusammenwohne, weil das kostengünstiger wäre und ihre Wohnung ohnehin zu groß und zu teuer für eine einzelne Person, wo sie doch jetzt keine Arbeit mehr hätte. Ich bräuchte mir keine Sorgen zu machen, es wäre alles in Ordnung. Nichts war in Ordnung", eiferte sich Mutter Hansen und seufzte. "Aber ich halte Sie bestimmt auf, Herr Kümmelkorn. Sie verschwand nach hinten, kam mit einer Tüte zurück, legte sie auf den Tresen und hämmerte die Beträge in eine alte Registrierkasse.

"1,80."

"Stimmt so", sagte Hans und überlegte, ob sie ihm unter Umständen, mehr über Sybille, Eris, die Erdmanns erzählen würde? Er unterließ es. Vorerst.

"Wir sehen uns auf der Beerdigung heute Mittag", verabschiedete ihn Mutter Hansen, als er unter Glockengeläut die Tür hinter sich ins Schloss zog.

Der Tag versprach ebenso heiß zu werden wie sein Vorgänger und Hans dachte an den Sommer vor einigen Jahren zurück, in dem es nie regnete; rostbraune Trockenheit deckte das Land zu und in den Straßen hing der von den Fahrzeugen aufgewirbelte Staub bis zu einer halben Stunde in der flirrenden Luft. Abends standen die Männer mit nacktem Oberkörper, kurzen Shorts, barfuß oder in Sandalen im Garten und gossen um die Wette, suchten zu retten, was nicht zu retten war. Das Gemüse blieb klein, verschrumpelt wie ein Neugeborenes, und während der Rasen zur braunen Wüste verdorrte, warfen die Obstbäume zuerst die Blätter, dann die unreifen Früchte ab. Selbst das Eis der Kinder in den Tüten schmolz schneller, als sie es lecken konnten.

Statt in den 'Ochsen' zu gehen, wo Petra mit ihren Vorwürfen auf ihn wartete, entschied sich Hans für einen Spaziergang durch den Ort. Der einheitliche Baustil verbreitete trotz der Kreativität der Bewohner Tristesse. Der Dreck aus zahllosen Schornsteinen, über Jahrzehnte vom Wind hierher getragen, färbte die Häuser gräulich schwarz, zerstörte den Putz, der großflächig abbrach und das fahle Gestein schutzlos dem Wetter auslieferte. Balken stützten an einem Haus den Eingang ab, und die Fassade war reparaturbedürftig; dennoch wirkte es solide und strahlte trotz seiner Baufälligkeit noch die frühere Eleganz aus. Dazwischen, als habe Fortuna ihren Schatz punktuell über das Land ausgestreut, Herrschaftshäuser, sogenannte Gründervillen, aufwendig restauriert und die schmucklosen Tafeln wiesen auf Immobilienmakler, Steuerberater, IT-Techniker oder einen Dr. Soundso hin. Und das Nebenhaus, eine der Schwerkraft trotzende Ruine, stöhnend unter der Last der Jahre und des fortgeschrittenen Verfalls, wartete vergeblich auf Käufer, Mütter, Väter, Kinder, Katzen und Hunde, damit das Leben in die verwaisten Räume zurückkehrte und mit ihm die Daseinsberechtigung für das alte Gemäuer. Zwei Weltkriege hatte das Haus ohne nennenswerte Zerstörungen überstanden, Mieter und Regierungen kommen und gehen sehen, Wachutka und erst die Wiedervereinigung, als das

Schlagwort vom goldenen Westen nicht zum ersten Mal die Menschen in Aufbruchstimmung versetzte, überantwortete es dem langsamen, stetig fortschreitenden Siechtum.

Am Ende der Straße konnte er links die Fabrik von Wachutka sehen; zwei flache Gebäude, in kostensparender Fertigbauweise innerhalb weniger Monate erstellt, Synonym der Kurzlebigkeit und zugleich Drohung an die Verantwortlichen im Gemeinderat, die Mitarbeiter und deren Familien, treu nach dem Motto: heute hier und morgen dort. 'Die Unternehmer', dachte Hans, 'sind wie Schafe. Die saftigste Wiese in Beschlag nehmen, abgrasen und weiter ziehen. Moderne Vigilanten.'

Ein Hund stürzte kläffend auf ihn zu, sprang wie ein Gummiball am Zaun hoch. Die Mischung aus Dackel, Terrier und Pudel fletschte die Zähne und knurrte wie ein Rudel Wölfe. "Rolfi!", bellte sein Herrchen kurz und eilte ihm, die Zeitung drohend in der Luft schwenkend, hinterher.

Seine Frau, fiel es Hans plötzlich ein, wollte seit Jahren einen Hund. Beständig lag sie ihm in den Ohren, argumentierte, dass ein kleiner Hund nicht viel Dreck mache, ja überhaupt nicht auffalle und er folglich keine unliebsamen Störungen fürchten müsse, wenn er in seinem Studierzimmer dem Schreiben nachginge. Außerdem schlage er an, schütze sie vor Einbrechern, und als er auf ihre Reisen zu sprechen kam, erwiderte sie darauf sofort, als habe sie mit diesem Einwand gerechnet, und hüstelte triumphierend: 'Hunde sind heute überall willkommen.' So ging es seit Jahren und die unsinnigsten Diskussionen um Nichtigkeiten waren mittlerweile bis in die Nebenschauplätze vorgedrungen. Auf Lesereisen begleitete Petra ihn seit Jahren nicht mehr; sie hasste die vom Verlag gebuchten Hotels, billige Absteigen seien das, stellte sie nüchtern fest, als wollte sie ihn demütigen, ihm indirekt vorwerfen, dass er mit seinen Büchern nicht mehr verdiente als ein durchschnittlicher Hilfsarbeiter. Petra arbeitete halbtags in der Second Hand Boutique ihrer Freundin Sigrid: schlank, groß gewachsen, blonde Löwenmähne bis zur Hüfte, ein Augenzwinkern, das Männer um den Verstand, zumindest einige schlaflose Nächte brachte, und seit Februar zum dritten Mal geschieden. Sie verheizte Männer wie die Finnen Holz für ihre Saunen und da Sigrid mit ihrer Meinung bezüglich Ehe, Treue und gemeinsamen Hausstand nicht hinter dem Berg hielt, färbte ihre Einstellung täglich mehr auf Petra ab. "Schätzchen", flötete Sigrid und schnalzte mit der Zunge, während sie im Taschenspiegel ihr Aussehen überprüfte, "Männer sind wie diese Kleidung! Second Hand, und mehr sollte Frau dafür auch nicht investieren. In jeder Hinsicht", bemerkte sie kühl. Petra beherzigte ihre Ratschläge nicht nur, sondern zitierte darüber hinaus Sigrids gesammelte Reden, wobei sie jede Äußerung mit: "Da siehst du, wie gut du es mit mir getroffen hast. Sigrid würde dich nicht von hinten bis vorne bedienen", beendete.

Hans kam ins Laufen und ins Grübeln. Eine einzige südwärts treibende Wolke schob sich vor die Sonne und ein Schatten, ein Stück zerrissene Dunkelheit, wanderte über die Straße, glitt hinüber zu Wachutka und entschwand über die angrenzenden Felder. Unbemerkt ließ er den Ort hinter sich, folgte der Straße, die bald darauf zu einem holprigen, mit Schotter gepflasterten Feldweg degenerierte. Üppiges Unkraut wucherte an den Rändern, dahinter Weizen, dürre Halme mit wenig Korn, dazwischen vereinzelte Bäume neben Strommasten und in der Ferne eine bewegliche Silhouette am Horizont, ein Traktor, der einsam seines Weges zog. Bauer Kirsten, ein schmächtiger Mann, kaum größer als ein Zwölfjähriger, das Gesicht zerfurcht von tausend Fältchen. Blondes schütteres Haar, bedeckt mit einer Schiebermütze, und die Augen blickten bekümmert. Tief über das Lenkrad gebeugt, einer Sichel ähnlich, tuckerte er Richtung Hof, der bald schon nicht mehr ihm gehören würde. Seit fast zweihundert Jahren war das Land im Familienbesitz, ging vom Vater auf den ältesten Sohn über, von Generation zu Generation, und jetzt, mit ihm, Josef Kirsten, wird die Abfolge beendet. Sein Sohn, der Kurt, zeigte kein Interesse an der Landwirtschaft, war, gerade achtzehn Jahre alt, in die Stadt geflüchtet, und die Tochter war seit Geburt behindert und anstatt Hilfe Pflegefall. Der Hof, verschuldet, gehörte längst der Bank und die Tage bis zur Zwangsversteigerung würde er bald an zwei Händen abzählen können.

Davon sah Hans nichts. Seine Füße, zwei zuverlässig arbeitende Maschinen, führten ihn im gleichmäßigen Takt einer Atomuhr über das unter der Hitze des Sommers stöhnende Land, wobei er in Gedanken diesen und jenen Spuren folgte, die auftauchten wie Lichtspuren in der Nacht, der Dunkelheit für kurze

Momente Wirklichkeit entrissen, bevor das Nichtsein das verlorene Terrain zurückeroberte.

"O liebend gern", hörte er Petra zerstreut sagen, und er wusste, dass sie es so nicht meinte. Ihre verdrängte Feindseligkeit verborgen unter dem Deckmantel des Schweigens, der blutleeren Geste, mit der sie in den letzten Jahren sein Dasein begleitete, angestaut in fast zwanzig Jahren. Sie rebellierte nicht offen, das war Petra aufgrund ihres Charakters nicht möglich, doch sie verfügte über so viel Intelligenz, um die Situation so zu manipulieren, dass es am Ende auf das Gewünschte, die Weigerung ihn zu begleiten oder ihm einen Gefallen zu erweisen, hinauslief. 'Ja', dachte Hans und verschränkte die Arme auf dem Rücken, Zeichen innerer Anspannung und eine Geste, die er früh von seinem Vater übernommen hatte, 'darin ist sie erfinderisch.' Die gemeinsam verbrachte Zeit schmolz dahin wie der letzte Schnee in der Frühlingssonne. Wenn sie aufstand, hatte er bereits gefrühstückt und sich in seinem Arbeitszimmer verkrochen, wo er bis Mittag blieb. So gegen halb eins aß er zu Mittag, wärmte Reste auf oder machte sich ein paar belegte Brote, zappte durch das Fernsehprogramm, und wenn Petra um ein Uhr frisch aufgehetzt von der Arbeit kam, führte ihn sein Weg zurück an den Schreibtisch. Sein Vertrag, ein Knebelvertrag, forderte für die kommenden drei Jahre alle sechs Monate einen Roman von mindestens 250 Seiten Umfang. Dazu Lesereisen, Auftritte bei Buchmessen und zu besonderen Anlässen, die ihm der Verlag diktierte: Stehpartys, Preisverleihungen, die für seine Karriere ebenso sinnlos wie an sich blödsinnig waren, kaum mehr als Zeitverschwendung, ein Gesehen- oder Nichtgesehenwerden, eine hirnlose Masse freundlich lächelnder Gesichter, mit Sektgläsern in den mit Gold und Brillanten bestückten Händen, die dankbar in jedes Blitzlicht blickten, das die eigene Person für einen flatterhaften Herzschlag ins Rampenlicht und damit ins Interesse der Regenbogenpresse katapultierte. G. L. Morgan taugte nicht für Schlagzeilen. Was konnte die Arbeit am zwölften Teil der Vorkor Dämonenreihe gegen die Schwangerschaft der Frau von Multimillionär G. ausrichten, die dreißig Jahre jünger und ehemaliges Topmodell war, und sobald sie das Haus verließen, klettenhaft an seinem Ärmel hing, nicht nur strahlend, sondern auch die ewige Jugend verkündend, nachdem sie letzten Monat zum achten Mal ihr Äußeres neu hatte modellieren lassen, und ihr Mann, tief in Waffengeschäfte verstrickt, nur noch ein Schatten seiner selbst, krumm wie ein Windflüchtiger und begleitet von zwei muskulösen Leibwächtern, der neben seiner zeitlosen Frau herschlurfte, kaum mehr als ein ausgebranntes, mittlerweile entbehrliches Accessoire. Den Rest des Tages verbrachten sie in beredtem Schweigen, unterbrochen von kommentarlosen Bemerkungen. Zwei Gleise, die für kurze Zeit parallel verliefen und jetzt langsam wieder auseinanderdrifteten, jedes seinem eigenen Weg folgend. 'Verschränkt', rief ein Gedanke, als verfolge er damit ein Ziel, und vor Hans` innerem Auge tauchten zwei Elektronen auf, die in entgegengesetzter Richtung davonflogen, und passierte dem einen Teilchen etwas, so erhielt sein

Zwilling, obwohl Millionen Kilometer entfernt, augenblicklich Kenntnis davon. Die Seltsamkeit der Natur, ein Rätsel für den Forscher, weil zwei winzige Teilchen Raum und Zeit, die Wirklichkeit an sich, ad absurdum führten. Verborgen in den tiefsten Abgründen der Realität, existierte ein unsichtbares Band, das Weite in Nähe verwandelte oder umgekehrt, das sich Entfernende auf geheimnisvolle Weise zur unauflöslichen Einheit verschmolz. 'Verschränkung!', sagte der Gedanke und meinte in Wirklichkeit Gewohnheit. Die Spuren ihres Lebens glichen tiefen Schneisen, gesäumt von hohen Böschungen, unüberwindlich, ein Wall, der am Horizont in den Himmel aufstieg. Zur Beerdigung war Petra mitgefahren, ob aus Langweile, Neugier oder einfach um Nestor wieder zu sehen, den sie kannte und dessen Kunst sie schätzte, blieb ihr Geheimnis. Der gesündere, von Petra unabhängigere Teil von ihm sagte: 'Nimm dich in Acht!'

Der Weg beschrieb einen Kreis, und als Hans dies wie nebenbei bemerkte, dachte er: Das Leben ist ein Kreis, eine Bewegung, die, obschon sie Anfang und Ende besitzt, um einen unbekannten Mittelpunkt führt, der ihm so fremd wie jeder andere Mensch ist. Und ins dieses Leben wird man hineingeworfen wie ein Stück Fleisch auf den Block des Metzgers, in ein Dasein geschleudert, das diesen rohen Klumpen bearbeitet, formt und deformiert, wobei zuerst das Blut, dann das Leben herausquillt. Ist es seine Schuld, wie Petra in religiösem Ton verkündet, dass sie wie zwei Fremde nebeneinander leben, weil bei ihm etwas nicht stimmt, er durch Umstände, die außerhalb seiner Kontrolle liegen, seinem Egoismus frönt und sie gewaltsam auf eine Kreisbahn zwingt, deren Mittelpunkt er darstellt? 'Hier', überlegte Hans, als der Schotterweg wieder in die Straße überging, 'kommt er wieder zum Vorschein, der Kreis, das ewige Sinnbild für Gleichförmigkeit, Gewohnheit, Eintönigkeit, die Tretmühle des Alltäglichen.'

Eintönig, so bezeichnete Petra sein Leben, langweilig und öde wie die Bewegung eines Ventilators, der sich immer im Kreis drehte und drehte, derselbe Ablauf von früh bis spät, von Tag zu Tag und das seit Jahren. 'Du machst nichts anderes mehr! Alles dreht sich um deine Romane und ich … und ich', wiederholte sie, schöpfte Atem und ihre Augen strahlten tödlich wie Neutronensterne, 'bin deine billige Arbeitskraft, die dir das ermöglicht. Sigrid hat recht, wenn sie dich als egoistischen Pascha abtut, der auf sich selbst gestellt nicht überlebensfähig ist.' Die Vorwürfe geisttötend wie sein Schweigen, ein Mahlstrom, der sie ins dunkle Zentrum zog, täglich schneller, mit einer Beharrlichkeit, die seiner Tätigkeit als Schriftsteller gleichkam.

Plötzlich blieb er mitten auf dem Gehweg stehen. Es war August, die Hitze bereits am Morgen unerträglich und er stand in Nachtkirchen, vor einem nichtssagenden Haus in einer Seitenstraße, und fragte sich, ob Sybilles Beerdigung der einzige Beweggrund für sein Hiersein war, und verstärkte damit das Gefühl, ein Ende oder zumindest eine Weggabelung erreicht zu haben. Aber weshalb hier in diesem fremden Ort, konnte er nicht sagen. Langsam setzte er sich wieder in Bewegung, querte mehrere Straßen, bis er vor dem Gasthaus stand.

Petra trug Lidschatten auf, als Hans das Zimmer betrat. Ihre Blicke trafen sich im Spiegel, und als er zum Fenster ging, es öffnete und schale gegen heiße Luft austauschte, packte sie ihre Handtasche, sagte: "Zur Beerdigung brauchst du mich ja nicht!", und rauschte aus dem Zimmer. Die Stille war unheimlich, kroch mitsamt der Hitze in seinen Körper und ließ ihn wie ein Schilfrohr in der Morgenbrise erzittern.

Sechs

Ein Geräusch wie fernes Motorengeräusch weckte sie, das rasch näher kam, anschwoll, und bevor sie aus ihren Betten waren, krachte etwas gegen das Dach der Hütte, erschütterte sie bis in die Grundfeste. Eris kreischte und schrie etwas, bis Alois ihre Hand packte, sie energisch herumriss und zur Treppe zerrte. "Schnell!", hörte er Nestors Stimme zwischen dem ohrenbetäubenden Knirschen über ihren Köpfen, in das sich das Ächzen und nahezu im selben Augenblick das Geräusch der brechenden Balken mischte. Ein Schrei zerriss das Inferno und während Hans als Letzter, geduckt, am ganzen Körper wie Espenlaub zitternd, den Körper durch die längliche Aussparung im Boden zwängte, schrammte ein Teil der Einrichtung über seinen Rücken hinweg, zerfetzte das Hemd und Teile seiner Haut. Schnee, hart wie Beton drückte ihn nach unten, folgte ihnen wie das Unheil selbst und quetschte sie auf wenigen Quadratmetern zwischen Kamin und Tisch zusammen. Nestor saß auf seiner Kiste, tätschelte sie liebevoll, brabbelte Unverständliches und lächelte versonnen wie ein kleines Kind, das zu jung und sich deshalb der Gefahr nicht bewusst war. Alois beruhigte Eris, die unterdrückt schluchzte, ihren rechten Fuß hielt, der anschwoll und sich blau verfärbte. Ihre Schwester, gefasst, die Situation kühl analysierend, sog hörbar die Luft ein, als störte Eris` Jammern sie mehr als die tödliche Bedrohung, in der sie schwebten. Hans fuhr behutsam mit den Fingern über die brennenden Herde, spürte warme Nässe und biss die Zähne zusammen. Minuten vergingen, in denen sie dem Stöhnen der Balken lauschten, angstvoll ins Dunkel starrten und beteten, dass die nur teilweise geborstenen Balken der Decke dem Gewicht der auf ihnen lastenden Schneemassen weiterhin standhalten würden. Nur Minuten später, die ihnen wie Stunden oder gar Tage vorkamen, trat Stille ein, die schlimmer war als jedes Knacken des Gebälks oder das Schaben des Schnees, der ein weiteres Stück Raum widerstandslos in Besitz genommen hatte.

Es klopfte.
"Ja!", rief Hans gedankenverloren und bemerkte erst jetzt den zotteligen Hund, der im Hof die Mülltonnen nach Essensresten durchstöberte.
"Kann ich dich kurz stören?", fragte Alois und streckte den Kopf herein.
"Weshalb nicht?"
"Wo ist deine Frau?", wollte Alois wissen, als er die Tür ins Schloss drückte und flüchtig ins Bad spähte.

"Besorgungen. Du weißt ja, wie Frauen sind", antwortete Hans ausweichend, obwohl es die Wahrheit hätte sein können, und fügte hinzu: "Etwas vergessen sie immer."

Alois trat neben ihn an das Fenster und blickte nach draußen. "Sieh dir den Hund an", sagte er lachend und die mittägliche Stille löschte seine Stimme aus. Ein, zwei Minuten beobachteten sie den Hund, bis er mit einem Stück Knochen im Maul das Weite suchte.

"Dein Projekt über uns … willst du es tatsächlich schreiben?", fragte Alois, den Blick immer noch auf die verdreckten Mülltonnen gerichtet.

"Wenn es meinen Vorstellungen entspricht und ich einen Verleger dafür interessieren kann … ja!"

"Hm", antwortete Alois nachdenklich, weil er nicht wusste, wie und wo beginnen. "Ich habe dir von meiner Kindheit erzählt und …", sagte er und stockte plötzlich, dachte: 'Darüber zu reden, ist ein Fehler. Hans würde mich nie verstehen.' Stattdessen verengte er die Augen, wie er es immer tat, wenn er an seine Kindheit dachte. "Mit vierzehn hat mich meine Mutter abgeschoben: 'Ich schaffe es nicht mehr', behauptete sie und begann den Koffer zu packen, 'du benötigst professionelle Hilfe. Hier wirst du kriminell und landest früher oder später im Gefängnis. Zwei Jahre, dann sehen wir weiter.' Das Heim, ein herrschaftliches Anwesen aus dem letzten Jahrhundert, mit Nebengebäuden, in denen wir, alles schwer erziehbare Jungen, in Gruppen untergebracht waren."

"Hast du nicht gestern davon erzählt? Herrmann

Grothe?", unterbrach ihn Hans, die Hände auf dem Rücken verschränkt, starrte er Alois mit Augen wie aus Granit an. "Der Junge, der sich vor nichts fürchtete?"

"Richtig. Kann mich nicht entsinnen … Vermutlich der Abbeizer". Er lachte unterdrückt, mit zusammengebissenen Zähnen, und die Schlagader an seinem Hals pochte. "Herrmann", murmelte er und holte tief Luft, das Bild eines frech grinsenden Jungen vor sich; runde, stahlblaue Augen, die ins Fleisch drangen, sezierend, das Innerste nach außen kehrend, Hakennase, die auf arabische Vorfahren schließen ließ, schmale Lippen, die beständig zuckten, als brandeten unaufhörlich Gedanken, Ideen, Erinnerungen dagegen, und Sommersprossen, ungezählt wie die Sterne am Himmel und ebenso zahlreich. "Nein, Angst kannte er nicht und das wurde ihm zum Verhängnis. Zwei Jahre, hat Mutter gesagt, die sind schnell vorbei, und in den Ferien kannst du mich ja besuchen", sagte er sarkastisch, die Stimme seiner Mutter imitierend. Die Erinnerung brach über Alois wie eine Flutwelle herein, riss ihn mit, spülte ihn dreißig Jahre zurück und warf ihn an den Strand der Kindheit. Das Gesicht ausdruckslos, beredt, gezeichnet von der tödlichen Krankheit einer Jugend, synonym für Verlassenheit, Einsamkeit, und den Schmerzen, die das erste Jahr in Form sinnloser Brutalität, selbst nur Ausdruck von Minderwertigkeit und hilflosen Selbstfindungsprozessen, für ihn im Gepäck bereithielt. "Ein Albtraum", seufzte er vor sich hin, die Stimme krächzend, sich überschlagend, "aus dem es kein Erwachen gibt. Du liegst im Bett, die Knie bis zum Kinn hochgezogen, die Decke über dem Kopf und wartest, hoffst, betest … umsonst. Vier, sechs oder mehr Hände zerren dich aus dem Bett. 'Da ist ja das Stück Scheiße!', brüllt der Anführer, erntet Gelächter und tritt dir mit dem Stiefel in die Seite. Worte, gemischt mit Schlägen und Tritten, nach billigem Fusel stinkender Atem, der Übelkeit erzeugt und die Spucke, den zähen Schleim im Gesicht, vergessen lässt. Jemand rülpst, ein Reißverschluss surrt, ein warmer Strahl trifft dich am Hinterkopf, durchnässt den Schlafanzug, klebt ihn wie eine zweite Haut, eine Schutzfolie, an den Körper. Stille. Dunkelheit, gegen die ich vergeblich anrede. Der Körper, eine einzige Wunde, und die Nacht höhnt: 'Das hast du dir selbst zuzuschreiben, du nichtsnutziger Bastard. Aber was will man erwarten von dem Kind einer Hure und eines Zuchthäuslers.' Das erste Mal prägt sich ein", erklärte Alois emotionslos, der Körper angespannt, gehärtet wie die Seele des Jungen. "Bei der nächsten Abreibung ist es erträglicher, weil du die empfindlichen Stellen besser schützt und dann …", Alois legte den Kopf in den Nacken, starrte direkt ins Sonnenlicht, schloss die Augen; zwei vereinzelte Tränen, funkelnde Diamanten, rannen zu beiden Seiten über die Wangen herab, "flüchtest du in Fantasien.

Gewalt, Hass und wenige, kaum greifbare Momente, ohne Angst, bestimmten den Tagesablauf, unterbrochen von Unterricht, den Mahlzeiten und Schlaf. Die Briefe von Mutter … Brandschriften, gespickt mit Vorwürfen, Mahnungen und Maßregeln, wie und was ich tun oder wie ich mich verhallten solle. Seitenweise Vorhaltungen, kein liebes Wort, weder 'Kuss' noch ein 'Ich umarme dich, Mutter'", erzählte er und senkte den Kopf, bereit zum Angriff, den Feind in die Flucht zu schlagen. "Mutter wurde ebenfalls adoptiert, nach zwei Jahren im Waisenhaus, wo sie weder Sprechen noch sozialen Umgang lernte. Die Eltern alt, weit über die Fünfzig; er Lokführer und sie Hausfrau, verschroben, statt ihre Tochter, ihr Lieblingshuhn herzend und deshalb hasste sie diese Frau mit derselben Inbrunst, wie sie den Vater vergötterte. Er starb, als sie mit der dritten Fehlgeburt im Krankenhaus lag, zu entkräftet selbst für die Beerdigung ... wo mehr als nur ihr Vater zu Grabe getragen wurde.

Mutter war talentiert, spielte ausgezeichnet Klavier und bei entsprechender Förderung ... aber das sind Spekulationen. Sie heiratete, opferte ihre Gesundheit, damit ihr Mann endlich sein Spielzeug, ein Kind, bekam. Tausende Bilder hat er in den ersten beiden Jahren von dem Kind geschossen, auf keinem berührt mich Mutter. Ich", würgte Alois wie unter Schmerzen hervor, "war für sie Mittel zum Zweck, der Ton, den sie nach ihrer Vorstellung zu formen gedachte; Produkt ihrer Selbstverwirklichung." Er schüttelte angewidert den Kopf, strich mit der Hand über die verschwitzten Haare und fixierte einen Punkt in der Vergangenheit an. "Mutter hasste sich, hasste ihr Leben, hasste jeden verdammten Tag, den Gott ihr in Gestalt meiner Person aufbürdete, und wie Hiob fragte sie Gott: 'Was habe ich in meinem Leben verbrochen, um mit diesem Kind bestraft zu werden?' Hass erzeugt keine Kunst, sondern Furcht, gepaart mit dem Gefühl der Minderwertigkeit; ein Sammelsurium von Wünschen, Hoffnungen, Ängsten, eingesperrt in totes Fleisch, zersplittert wie Rosinen im Kuchen: Ich bin ich! Tausend Mal am Tag, bis ich es glaubte ... hoffte; immer dieselben Worte, gebetsmühlenartig, bis heute." Alois stand da, hasste seine Mutter, das, was sie ihm angetan hatte, und er wünschte sich in die Hütte zurück, erschlagen von einem herabstürzenden Balken. "Dort oben", er schluckte trocken, "erschien mein Leben plötzlich so sinnlos ... nutzlos und ich dachte: Wenn du jetzt stirbst, dann merkt das niemand. Du hast nie existiert. Aber, wandte ich vergeblich ein, meine Theorie, dieses Feld? Es ist wie ein Haus, das die Lebensgeschichten seiner Bewohner über deren Tod hinaus bewahrt. Stimmen, fernes Gelächter. Das Haus ist alt, der Zutritt gesperrt, die Abrissbirne schwebt darüber, versteinerte Gesichter in den düsteren, nach Moder stinkenden Räumen, die dem Vergessen anheimfallen. Kein Grabstein kündet mehr von ihrem Dasein und selbst die Generationen der Enkel und deren Kinder sind vergessen. Nein!", schrie Alois auf, bevor er zusammenzuckte und den Kopf hängen ließ. "Jahrelang", sagte er an Hans gewandt, "habe ich wissenschaftliche Bücher studiert, meine Theorie aufgestellt, fundiert, fachlich korrekt ... Ein neues Weltbild, hoffnungsvoller und ... dort oben, Hans, den Tod unmittelbar vor Augen, bröckelte Mayas Schleier und gewährten mir einen Blick hinter ihre Illusion. Dort oben habe ich begriffen ... dass es jeden Aspekt bereits gab, vorgetragen von namhaften Wissenschaftlern, und ich sie lediglich neu interpretiert habe. Verstehst du, Hans? Alles, mein gesamtes Leben vergeudet …" Alois verstummte, das Gesicht zwischen Wehmut und Zorn hin und her springend.

"Vergeudet?", wiederholte Hans fragend und blickte über die Dächer, wo zwei Krähen kreisten wie Drachen, die herunter geholt wurden, bis ihre Schatten über die Ziegel glitten. Eine Rauchsäule stieg aus einem der Schornsteine kerzengerade in die heiße, windstille Luft, ein Zeichen, dass dort jemand lebte, arbeitete oder selbst bei dieser drückenden Hitze so fror, dass er heizte. 'Wie viele Häuser', dachte Hans nebenbei, 'stehen allein in meinem durch den Fensterrahmen begrenzten Blickfeld leer, kämpften mit der Langeweile endloser Tage.' "Aber gestern Abend …"

"Die Hütte, Hans", sagte Alois und erwachte wie aus einem tiefen Schlaf, ausgeruht, frisch belebt, fast euphorisch, "die Todesangst … wie soll ich es in Worte fassen, öffnete bisher verborgene Kanäle. Bereits im Krankenhaus entstanden da oben", er tippte sich mit dem Finger an den Kopf, "neue Vorstellungen. Branen, Dualität, DNA", stieß er wie im Fieber aus. "Die Puzzleteile fügten sich plötzlich zusammen. Der Kosmos, Kreisläufe und … ich habe gearbeitet, bis Helen mich für verrückt erklärte und zu ihrer Mutter zog. Das neue Paradigma, Hans … Sensationell!", hallte Alois` erregte Stimme über den Hof; seine Hände zitterten, wollten nicht aufhören damit, und als die ersten Tränen ihm über das Gesicht liefen, sah er alles verschwommen, verschmolzen zu einem ungeheuren Ganzen, einem lebenden

Organismus, dessen Verkünder er war. "Es wird die Wissenschaft erschüttern ... revolutionieren; glaube mir ... Und deshalb, Hans ... musst du mit deinem Verleger reden. Bitte! Versprich es mir." Die Augen von tränenfeuchtem Grau sondierten Hans mit stummem Funkeln und ein, zwei Lidschläge später, als nähmen sie lediglich zur Kenntnis, wandten sie sich ab. "Wirst du es tun?", fragte er.

"Ja", antwortete Hans leise, fast flüsternd und legte Alois die Hand auf die Schulter.

"Danke", sagte Alois lächelnd, noch immer sanft zitternd und wischte sich mit der Hand das Gesicht trocken. "Ich weine wie ein altes Waschweib", stellte Alois erschüttert fest und fügte hinzu: "Komm, lass uns nach unten gehen. Ich könnte jetzt ein Bier vertragen."

"Und etwas zu essen", meinte Hans, froh darüber, dass Alois das Thema gewechselt hatte.

Nach dem Essen, Alois war nach zwei hastig hinuntergestürzten Bieren mit den Worten aufgestanden: "Ich werfe noch einen letzten Blick auf das Manuskript", und auf sein Zimmer verschwunden, saß Hans neben Nestor, der in gewohnter Bedächtigkeit sein Schnitzel aß, jeden Bissen dreißig Mal kaute, bevor er ihn mit einem Schluck Bier in den Magen beförderte. "Das ist", meinte er und klopfte mit dem Messer auf das Stück Fleisch, "kein mit Hormonen hochgezüchtetes Schwein. Schmeckt man sofort. Hat ein bisschen vom Wildschwein."

"Und du?", fragte Hans ihn. "Welche Pläne treiben dich um?" Dabei beobachtete er Marie, die hinter der Theke stand, die vom Vorabend stehen gebliebenen Gläser spülte, während Else in der Küche hantierte. Vor ihr lümmelten zwei junge Burschen, rutschten unruhig auf ihren Hockern und redeten über einen Film, den Hans nicht kannte. Am Tisch neben ihnen saß eine Frau in mittleren Jahren, kurze, dunkle Haare, mausgraue Augen, Stupsnase und schmale, rot gefärbte Lippen, die ohne Unterlass Worte formten, begleitet von Kopfnicken und dem Zucken ihrer Hände. Seit dreißig Minuten rührte sie ihren Kaffee um, ein gleichmäßiges Schaben im Einklang mit dem Surren des Ventilators, der den Takt vorgab. Das dunkle Wollkostüm kapselte sie von der Welt ab, ein Panzer, der jede Annäherung im Keim erstickte, Worte auflöste, wie der vor ihr stehende Kaffee den Zucker, den sie geistesabwesend, in kleinen Portionen, beständig und wie unter Zwang hineinrieseln ließ, und es trieb ihr den Schweiß auf die Stirn.

"Zwei Gastspiele in Leipzig", antwortete Nestor zwischen zwei Bissen, wobei er sich den Mund mit der Serviette abtupfte. "Organisiert vom dort ansässigen Puppentheater. Nette Leute. Jung, begabt, den Kopf voll interessanter Ideen." Er lachte. "Was die wohl mit dem alten Knacker vorhaben?" Er schob die Gabel in den Mund, zog sie blitzblank heraus, kaute, neigte leicht den Kopf in Hans' Richtung und deutete mit dem Kinn auf die Frau am Nebentisch. "Beerdigung", flüsterte er, sein Kauen unterbrechend.

Plötzlich stand alles still; ein Nachhall von Alois' Worten. Die empfindliche Stimmung, ein Spiel aus Licht und Schatten, wehte, angetrieben von den Flügeln des Ventilators, wie stickige, schlecht umgerührte Luft durch den Raum und ließ die Schatten in ihm erzittern. Marie, ein Glas in der Hand, mitten in der Bewegung, wie Lots Frau, erstarrt, und die Burschen ihr gegenüber, zwei bronzene Figuren, erschaffen von unbekannter Meisterhand; eine alltägliche Handlung für die Ewigkeit konserviert. Die Frau im dunklen Kostüm blickte in seine Richtung, zufällig, die Augen gebrochen, Schattenspiel oder Realität, Hans wusste es nicht. "Mein ganzes Leben vergeudet." Ihre Hände, schmal, die Finger etwas zu lang, klammerten sich an Löffel und Zuckerdose, wie an das Leben selbst, das sie widerstandslos ins Morgen trug; die Tage aufgereiht wie Perlen auf einer Kette, einer wie der andere. 'Was war vor ihrer Geburt?', fragte sich Hans. 'Eine Zeit wie heute? Und wenn sie oder ich tot sind? Wie würde es dann sein? So wie jetzt? Das Gasthaus, die Bäume, der Himmel, die Erde, alle blieben, wie sie waren, nur die Frau und ich würden sich verändern, zu Staub zerfallen. Jetzt', dachte Hans, der wie ein Zuschauer in einem unbekannten Stück, neugierig, dem Treiben auf der Bühne folgte, es beobachtete und den Worten der Spieler lauschte, 'bin ich dem Wissen vom Tod näher als vor achtzehn Monaten? Damals erblühte eine Blume in mir und jetzt, nachdem alle Blütenblätter sich entfaltet haben, im Licht der mittäglichen, in ihrem Zenit stehenden Sonne, werde ich mich umdrehen und mich nach einer Tür umsehen?' Die Worte überbrückten wie der Gesang der Lärchen die Jahrhunderte, stellten ihn außerhalb der Zeit, und wie ein Geist kreiste er hier, zu allen Zeiten gleichzeitig und das Leben erschien ihm wie ein Traum, dessen Handlung er hilflos ausgeliefert ist.

"Wach auf!", rief Nestor und stieß ihn mit der Hand an. "Du machst das arme Fräulein ganz verlegen."

"Was?", murmelte Hans verwirrt, wobei das Standbild abrupt in Bewegung geriet, Marie das Glas erneut über die im Wasser versenkte Bürste rotieren ließ, die Burschen in heißeres Gelächter ausbrachen und die Frau im Kostüm weiter ihren Kaffee umrührte. "Was?", wiederholte Hans und wandte den Blick von der Frau ab. "Ich war irgendwie weg … es war seltsam. Vermutlich die Hitze."

Nestor faltete die Serviette zusammen und er schien Hans` Verhalten nicht weiter ungewöhnlich zu finden.

"Tja", sagte er und sah zu Marie hinüber, "das kenne ich. Oft, wenn ich spät in der Nacht im Hotel sitze, eingehüllt in Stille, dann befällt mich zuweilen eine Leere, als ob nichts existiert, selbst die Zeit nicht. Wenn ich dann erwache und auf die Uhr sehe, ist oft eine Stunde und mehr vergangen. Einfach so", Nestor schnippte mit den Fingern. "Das Alter", meinte er verächtlich lachend. "Allmählich spüre ich die Jahre und willst du wissen, woran?", fragte er Hans und beantwortete die Frage selbst, bevor Hans den Mund öffnen konnte: "Selbst Anton bereitet mir weniger Freude als früher. Ich gebe Gastspiele, aber sein Spiel ist nicht so virtuos wie gewohnt, begleitet von Fehlern, blutleer, Hans. Das Herz ist nicht mehr so dabei. Begonnen hat alles dort oben, in der Hütte und – glaube es mir oder nicht – immer öfter ertappe ich mich dabei, dass ich denke oder mir wünsche, mein Leben wäre anders verlaufen. In diesen Stunden, Hans – etwas ist in mir gesprungen; jetzt splittert es wie Sicherheitsglas, langsam und unaufhaltsam, ein steter Prozess, als ob ein Unbekannter das Bild meines Lebens zerbricht, in seine einzelnen Bestandteile auflöst." Ein langsamer Augenblick folgte, in dem Nestor sein Bierglas drehte, das Bewusstsein von der Drehbewegung des Schaumes absorbiert. "Vielleicht fahre ich zu Katrin", sagte er im Selbstgespräch. "Sesshaft werden, vielleicht ein Puppentheater aufbauen, wieder Freude an der Arbeit finden, das könnte ich mir vorstellen." Er leerte sein Glas in einem Zug, stellte es leise auf den Tisch, wischte sich mit dem Ärmel den Schaum vom Mund. "Eines hat mich das Unglück gelehrt, Hans", sagte Nestor aufrichtig und umklammerte seinen Arm: "Das Leben ist – wie das Sprichwort sagt – zu kurz, um es zu vergeuden, aber auf der anderen Seite zu lang, um es alleine zu verbringen." Er sah auf die Uhr. "So spät bereits? Wann beginnt die Beerdigung?"

"Um zwei?", antwortete Hans und dachte: 'Er weiß zumindest, was er will. Und ich?' Plötzlich musste er schmunzeln. 'Der rote Hannes, Grundschullehrer, zwei Meter groß, schlaksig, ein Narbengesicht, das jedem Piraten zur Ehre gereicht hätte, und Haar so rot und leuchtend wie der Sonnenaufgang über dem Ozean. Hannes Kretschmar, mit richtigem Namen, der wusste alles; wie durch einen Trick überblickte er die ganze Welt und was sie ihn auch fragten, stets wusste er die richtige Antwort.'

"Was ist?", fragte Nestor verwirrt, "kommt es dir seltsam vor, dass ein Herumtreiber wie ich auf seine alten Tage sesshaft wird?"

"Nein. Ich musste nur an einen Lehrer denken. Ein wandelndes Lexikon. Nein, Nestor, ich freue mich für dich. Und deine Katrin, du wirst sie schon bezirzen. Noch ein letztes Bier?"

"Nestor nickte, räusperte sich und grinste, Grübchen kerbten seine Wangen. Sein Gesicht wirkte zufrieden, glich einem reifen Apfel und er wirkte jünger, zumindest Hans` Erinnerung gegenüber. "Denkst du noch oft daran?", fragte er leise, wobei Panik in ihm aufwallte. "Ich werde es nie vergessen und an manchen Tagen verfolgt es mich bis in die Nacht hinein."

"Du hast auf deiner Kiste gesessen, wie ein kleines störrisches Kind, hast sie getätschelt und beruhigend auf sie eingeredet, als handelte es sich um dein Lieblingsstofftier oder des Königs Schatz", meinte Hans und schmunzelte dabei.

"Hör auf! Selbst jetzt, wenn ich die Augen schließe, laufen diese Stunden wie in Zeitlupe vor meiner inneren Leinwand ab. Wie wir fünf in der Ecke am Boden kauerten, der Schnee von oben nachdrückte, wie ein hungriges Tier langsam näher kroch, Zentimeter um Zentimeter. Jeder Herzschlag begleitet vom Ächzen und Knarren der Balken, diese nie endende Todesmelodie. Damals habe ich zum ersten Mal den Geruch von Schnee wahrgenommen. Ich habe die Augen geschlossen und da sah ich es, unser Wohnzimmer. Der Christbaum brannte, Mutter saß am Klavier, Vater spielte Geige und die Verwandten und ich sangen Weihnachtslieder: O du fröhliche … O Tannenbaum und dann gab es Geschenke und über allem lag der Geruch von Plätzchen und … draußen schneite es; dicke Flocken, die im Wind tanzten, und als ich später hinaussah, fingen die Kinder sie mit der Zunge. Dieses Bild hat die Hoffnung fast bis zuletzt am Leben erhalten."

"Wann hast du aufgegeben?"

"Als die Luft knapp zu werden begann … und diese Wand aus Schnee …", sagte Nestor und schüttelte den Kopf bedächtig von einer Seite zur anderen, "bereits Sybilles Füße verschlang. Ganz ruhig ist sie geblieben. Hat ihre Socken hochgezogen, den Kopf an Alois` Schulter gedrückt und diese traurige Melodie angestimmt."

"Jetzt wo du es erwähnst, erinnere ich mich wieder. Ihre Schwester hat sie angestarrt wie einen Geist", sagte Hans. "Erschreckende Situation", fügte er mit bebender Stimme hinzu und blickte mit vor Furcht geweiteten Augen auf.

"Alois", meinte Nestor, und wie damals war er von dessen innerer Ruhe beeindruckt, "ist mir bis heute ein Rätsel. Wie jemand in so auswegloser Lage derart gelassen bleiben kann. Ich glaube, er war der Einzige, der nie an unserer Rettung gezweifelt hat."

Einige Augenblicke des Schweigens, die Augen zu Schlitzen verengt, konzentriert auf die Rauchschwaden in der Küche, hauchzarte Wolkenstreifen, die sich kaum bewegten. Der Geruch scharf angebratenen Fleisches drückte in den Gastraum. "Was kocht denn die Else heute?", wollte einer der Burschen von Heinz wissen, der mittlerweile den Platz von Maria eingenommen hatte. "So wie das in der Nase beißt, habt ihr das Tier bestimmt gestern überfahren. Was ist es denn? Hund, Hase, Fuchs?" Kurzes Gelächter, in das Heinz sagte: "Pass auf, Joe, dass ich dicht nicht zufällig überfahre." "Lieber nicht, sonst bekommt deine Gaststube noch einen Stern." Wieder Gelächter, in das Heinz einfiel, wobei sein Körper von rustikalen Schockwellen durchgeschüttelt wurde.

"So ganz habe ich die Hoffnung nie aufgegeben", erwiderte Hans kaum hörbar, "aber als ich die Hunde kläffen hörte, der Schnee uns auf engstem Raum eingepfercht hatte und die Luft, so dick und heiß, dass man sie hätte in Scheiben schneiden können, da bekam ich es mit der Angst, Nestor. Ich bin kein frommer Mensch und seit der Konfirmation nicht mehr in der Kirche gewesen, aber in dieser Stunde habe ich Gott inbrünstig angefleht: Herr!, habe ich gebetet, schenke uns eine Stunde, und wenn das Bellen leiser wurde und die Verzweiflung übermächtig, dann verfluchte ich ihn, nur um Sekunden später reumütig in seine Arme zurückzukehren, ihn um Vergebung, Gnade und ein paar weitere Atemzüge zu bitten", berichtete Hans und lächelte gequält. "Hilflos war ich Gott ausgeliefert, starrte in sein bleiches Gesicht, das uns mit jeder Minute endgültiger den Atem aus dem Körper presste. Was war das?", dachte ich ungehalten, benommen vom Luftmangel, die Augen geschlossen, weil die Kraft zum Öffnen der Lider nicht ausreichte. Ist das sein Totengeläut? Dann sah ich das Licht, den Tunnel, schwebte darauf zu und plötzlich fühlte ich

Schmerz. An den Armen, den Beinen und das Letzte, woran ich mich erinnere, ist: nur ein paar Atemzüge, Herr … einen. Bisher habe ich davon niemandem erzählt", meinte Hans und schluckte trocken.

"Nur wer in vergleichbarer Lage war, wird es verstehen", pflichtete Nestor ihm bei, das letzte Wort betonend und legte eine Pause ein. "Verdammt eng war es schon und ich denke, dass Gott uns mehr liebte als der Teufel; deshalb sind wir ihm von der Schippe gesprungen. Trinken wir darauf!", rief Nestor, hob sein Glas und stieß mit Hans an. "Das Beste war, dass wir überlebten, und das Zweitbeste ist, begriffen zu haben, dass ich in meinem Leben etwas ändern muss, nicht länger der Jugend, den Träumen hinter-her-hecheln darf, wie ein alter, abgezehrter Hund. Und vielleicht", Nestor zwinkerte mit den Augen, "findet der Puppenspieler am Ende sein Glück, wie die Protagonisten in seinen Aufführungen."

"Verdient hätten wir es alle", sagte Hans mehrdeutig, auch im Hinblick auf Alois, der damals nur äußerlich ruhig wirkte, während in seinem Innern Stürme von selbstzerstörerischer Kraft getobt hatten, und blickte erneut auf die Uhr. "Es wird langsam Zeit. Ich muss noch duschen; die Hitze, ein Glutofen könnte nicht schlimmer sein. Treffen wir uns wieder hier? In dreißig Minuten?"

"Soll mir recht sein", antwortete Nestor, "ich trinke nur mein Bier leer." Er sah Hans nach, bis er im hinteren Teil des Hauses verschwand.

Sieben

Die Kirche füllte sich. Familie Erdmann saß in der ersten Reihe. Links der Vater, ein trauriger, mittelgroßer, vom Alter und dem Tod seiner Tochter gezeichneter Mann, mit grauen, von schwarzen Strähnen durchzogenen Haaren und braunen, fleckigen Augen; neben ihm die Mutter, Hochfrisur, pummelig, das Gesicht ausdruckslos, in Erinnerungen verstrickt, heimgesucht von Sybille, die Augen grün, starr auf den Sarg gerichtet, eine Frau, der man in der Straßenbahn wortlos seinen Platz anbietet, und Eris, die Hand ihrer Mutter haltend. Hans, der zwei Reihen dahinter saß, hörte wie Eris`s Vater ein seltsames, pelziges Geräusch von sich gab, ein Laut, der tief hinten in der Kehle entstand, und seine Frau am Ärmel zupfte. "Was ist denn?", fragte sie, als spräche sie mit einem ungezogenen Kind. "Die Blumen – der Hofmüller hat sich wirklich Mühe gegeben. Schön, sehr schön", fügte er hinzu und sackte zusammen. Eris flüsterte der Mutter tröstende Worte ins Ohr, wandte alle paar Sekunden den Kopf und blickte über die kleine Trauergemeinde hinweg. Mutter Hansen saß links in der dritten Reihe, gleich hinter den Wirtsleuten, die, Marie eingezwängt in der Mitte, in Höhe des blumenbekränzten Sarges Platz genommen hatten. Zwei ältere Männer, die Kartenspieler vom Vorabend, kauerten in der letzten Reihe, die dunklen Hüte in der Hand.

'Der Tod', dachte Hans, 'ja, der Tod? Wer von den hier Versammelten denkt an ihn, macht sich seinetwegen Sorgen? Niemand, und doch werden sie ebenso sterben. Narren sind wir! Verdrängungskünstler und im Grunde war Sybille nur früher an der Reihe. Wir alle werden ihr unweigerlich folgen.'

Nestor, der eigentlich mit Hans zur Kirche gehen wollte, und durch einen Anruf seines Agenten aufgehalten worden war, betrat die kleine, zur Hälfte gefüllte Kirche, und er konnte sehen, wie dessen Blick durch die Reihen wanderte, bis sie auf ihm zum Stillstand kamen. "Wenigstens ist es hier nicht so eine Hitze", raunte Nestor ihm zu, als er neben ihm Platz nahm. "Wollte mir zwei zusätzliche Gastspiele in Dresden anbieten. 'Wo du doch gerade in der Nähe bist', meinte er. 'Die suchen einen Künstler, der lustig ist, wie der Mann am Telefon mir erklärte, so richtig Stimmung in die Bude bringt und – sag mal, Nestor: Hast du die Sketche noch im Repertoire? Du weißt schon! Die mit dem Leichenbeschauer … Na ja, ist auch egal. Also lass mich nicht im Stich! Kann ich zusagen?' Weißt du, was ich ihm geantwortet habe?", fragte Nestor und grinste schalkhaft.

"Nein", flüsterten Hans und Alois, der unmittelbar hinter Nestor die Kirche betreten hatte, unisono.

"Nichts. Ich habe einfach aufgelegt. Soll er sich einen anderen Dummen suchen."

Gerade als Hans eine Bemerkung anfügen wollte, betrat der Pfarrer die Kirche. Die Orgel setzte ein und gemessenen Schrittes nahm der ältliche Mann vor dem Altar seinen Platz ein.

Plötzlich gerieten die Zeitscheiben in Bewegung und vor Hans`s innerem Auge tauchte Sybilles Gesicht auf. Bleich, angespannt, und doch ertrug sie ihr Schicksal mit bewunderungswürdiger Gelassenheit.

Nur hin und wieder, wenn das Gebälk knarrte oder der Schnee über Hindernisse schabte, sah sie auf, ein verängstigtes kleines Kind. 'Mitte dreißig', hörte er sie mit dem Schicksal hadern, den Mund an seine Wange gepresst, 'muss Frau die zweithöchste Stufe der Karriereleiter erreicht haben und anstatt die neue Herausforderung anzutreten, ersticke ich unter Tonnen von Schnee. Welche Ironie. Zehn Jahre, täglich bis zu sechzehn Stunden, die Kämpfe mit Neidern und Kollegen und jetzt ... Ich könnte lachen ... mich totlachen, wäre der wohl treffendere Begriff.'

Die andere Zeitscheibe hielt ihn in der Realität, bei den Orgelklängen, unterdrücktem Husten, geflüsterten Worten und dem unruhigen Schaben der Schuhe über den rauen Steinboden. "Jetzt nicht", sagte Hans mehrmals leise und in monotonem Singsang, um dem Strom der Bilder Einhalt zu gebieten. 'Langsam und tief einatmen und dann ... nur nicht auffallen', suggerierte er sich und setzte seine Atemübungen fort. Die Beklemmung nahm zu. Der Schweiß brach ihm, trotz der angenehmen Temperaturen in der Kirche, aus sämtlichen Poren und der Drang aufzustehen, die Beerdigung ebenso wie die Bilder hinter sich zu lassen, wurde übermächtig.

'Eris war immer der Liebling von Vater ... ich habe gekämpft, täglich ... von der Schule, über das Studium, Beruf ... bis heute. Mein ganzes Leben habe ich dem Erfolg geopfert und Vater ...', Sybille lachte hysterisch, krallte ihre Fingernägel in Hans`s Arm, dass es schmerzte, 'nichts war gut genug. Beständig hatte er etwas an mir auszusetzen ... Jetzt wird alles anders', fügte sie hinzu und verstummte, weil ihre Schwester sie in die Seite boxte und 'Psst' zischte. Das Bellen der Hunde wurde wieder lauter.

'Grotesk', dachte Hans, peinlich berührt von der Erinnerung, wobei er Sybilles Vater von der Seite beobachtete. Als er zufällig den Kopf umwandte, blickte er in dessen Augen, zwei trübe Murmeln, buschige Augenbrauen und irgendwie schön. Er wirkte distanziert, unnatürlich gefasst, als wäre er außerstande, die geringste Gefühlsregung zu empfinden oder höflich zu zeigen. Er wirkte wie ein großer Junge, den das Leben versehentlich in den Körper eines alten Mannes gesteckt hatte, und als er, entnervt von den Klängen der Orgel, einen Blick auf die Uhr warf, konnte Hans erkennen, dass es eine knallbunte Swatch Uhr war, wie Kinder sie gerne trugen. Hans starrte immer noch auf den Mann; die Art, wie er sich benahm, bereitete ihm Unbehagen und er konnte den Blick nicht abwenden, als er in die Vergangenheit abdriftete.

Wie lange hörten sie das aufgeregte Kläffen der Hunde, überlegte Hans, bis erste Geräusche, vom Schaufeln verzerrt, wie aus einer fremden Welt in ihre Dimension eindringend, zu hören waren? Stimmen, dann ein erster milchiger Lichtschein, hin und her wandernd, suchend und eine kleine Ewigkeit später der Durchbruch. Frische, eiskalte Luft strömte in ihr Gefängnis, ließ sie frösteln, dankbar nicken; zu mehr reichte die Kraft nicht aus.

"Liebe Familie Erdmann, liebe Angehörigen und Freunde der Verstorbenen, liebe Trauergemeinde! Ein kurzes Gleichnis aus dem Matthäusevangelium möchte ich jetzt unserem Nachdenken voranstellen."

Der Tod schien so nah, fuhr Hans ungewollt in seinen Erinnerungen fort, so fühlbar an ihn herangetreten, dass es nur einer kleinen, unachtsamen Handbewegung des Schicksals bedurft hätte. Und dann? Die Welt würde sich weiterdrehen. Alles ist wie jetzt – nur ich bin nicht mehr. Voller Verzweiflung stöhnte er innerlich auf, rang, wie in den letzten Minuten ihres Eingeschlossenseins, in panischer Furcht um Atem bis … Plötzlich fühlte er die Hand auf der seinen; kalt, feingliedrig, zerbrechlich.

"Hans! Was ist mit dir?", hörte er Alois sagen.

"Nichts", log er und versuchte ein Lächeln, das misslang und somit mehr über seine derzeitige Gefühlslage aussagte als tausend Worte und Erklärungen. "Es geht schon." Mehr schien nicht notwendig, um Alois zu beruhigen.

'Ich werde nicht mehr sein', schoss es Hans durch den Kopf. 'Was wird aus meinen Plänen … den unzähligen Ideen … Petra und mir? Früher war Licht um uns', musste er zu seinem Entsetzen feststellen, 'jetzt herrscht Dunkelheit. Ich fühle mich wie ein Blinder, der mit beiden Händen durch die Nacht tastet, ohne zu wissen, wohin sein Weg führt.' Die Vorstellung ließ ihn frösteln. Und dann, ohne Vorwarnung, geschah etwas Merkwürdiges: Die Hand streichelte sanft seinen Unterarm. Trotz der unbeschreiblichen Zartheit der Berührung erschien sie ihm dreist, unpassend, sodass er vor Verblüffung zuerst ruhig sitzen blieb und überlegte, was er davon halten sollte. Er beugte sich vor, bis seine Augen die Dunkelheit zumindest rudimentär aufzulösen vermochten; Schattenspiele und der Geruch eines Parfums, der Übelkeit erregte. Stille. Plötzlich, unbewusst Anteil nehmend, an Sybille, Eris, ihren Eltern, Petra, empfand er tiefes Mitleid mit ihnen allen, die hier versammelt waren, und mit sich selbst. Er konnte es nicht unterdrücken, ein überwältigendes Gefühl und mitten hinein mischte sich eine Empfindung von Trauer, zaghaftem Abscheu und das Gesicht von Petra, kühl, berechnend, seine geistige Abwesenheit sezierend.

"Das Himmelreich gleicht einem Schatz, verborgen im Acker, den ein Mensch fand und verbarg. In seiner Freude ging er hin und verkaufte alles, was er hatte und kaufte den Acker", sagte der Pfarrer in leidenschaftsloser Anteilnahme und Hans nahm die Worte wie im Halbschlaf wahr; sie plätscherten wie ein munterer Gebirgsbach dahin.

'Du musst alles einsetzen, um deinen Schatz zu bergen', mahnte ihn seine innere Stimme.

"Wer würde sich heute anmaßen zu sagen, was dieser Abschied für Sie bedeutet, liebe Familie Erdmann? Wer wollte die passenden Worte finden, die zum Ausdruck bringen, was da alles für Sie zu Ende gegangen ist mit dem Tod ihrer Tochter, der geliebten Schwester, und was dieser Sarg bedeutet?"

Schmerz, ein Kribbeln in Beinen und Händen, grelles Licht, das blendete und ihn zwang, die Augen zu schließen. "Wir haben sie!", brüllte eine Stimme und die kalte Schnauze eines Suchhundes berührte ihn an der Wange. "Vorsichtig!", rief dieselbe Stimme. Hans spürte drei, vier, sechs Hände gleichzeitig an seinem Körper, die ihn behutsam durch einen geräumigen Tunnel aus Schnee, zerborstenem Holz, Schaufeln, Hunden und Menschen zerrten. Jemand legte eine Decke um ihn, sprach beruhigend auf ihn ein, ehe er auf eine Trage geschnallt und zu einem Einsatzfahrzeug getragen wurde. Überall Stimmen, das Kläffen der Hunde schwächer werdend und immer wieder Hände, die ihn berührten, beglückwünschten. Worte, teilweise unverständlich und, Hans erinnerte sich genau, als würde er jetzt, in diesem Augenblick gerettet werden, kein Gefühl der Freude, kein Gedanke an die mit ihm Eingeschlossenen, an Petra; nichts, nur diese seltsame Leere, als hätten die letzten Stunden seine Lebensuhr zum Stillstand gebracht und es bedürfe nun einiger Zeit, bis sie wieder in Gang kam, ähnlich dem Erdmagnetfeld, das sich alle paar hunderttausend Jahre umpolt, praktisch versiegt, bis die Rotation der Erde es wieder aufbaut.

"Wer wollte das in Sätze fassen: die Lebendigkeit ihrer Tochter, Schwester, ihre Rechtschaffenheit, all das, was nun Erinnerung für sie sein wird. Was bleibt ist der Schmerz", predigte der Pfarrer, die Trauergemeinde überblickend, die hüstelnd und Füße scharrend seinen Worten lauschte.

'Schreiben', dachte Hans erstaunt, 'war der erste bewusste Gedanke. Das Erlebte zu Papier bringen, es verarbeiten ...', und die Vorstellung wirkte ein wenig wie Arznei. Er nahm sie zu sich, entspannte und verbrachte die kommenden Stunden zwischen Wachen und Träumen, dem Sortieren der Erinnerungen, ihren Gesprächen, Ängsten, ihrer Hoffnung und dem allmählichen Schwinden derselben, die sich verbrauchte wie die Luft, die ihnen zum Atmen, zum Überleben, geblieben war. Das war es! Ein Roman, über die Hütte, sein Leben; die Arznei wirkte.'

"Hans!"; flüsterte Alois ihm ins Ohr und schüttelte ihn sanft an der Schulter. "Alles in Ordnung mit dir? Du siehst fürchterlich aus? Ist dir schlecht? Soll ich dich nach draußen begleiten?"

"Nein"; wehrte Hans ungewollt heftig ab, "lass mich nur hier sitzen, in Ruhe und …", er verfiel in Schweigen, bemerkte Alois und Nestors Blicke nicht, die ihn besorgt musterten.

"Das gilt ja auch für das, was danach kommen soll – nach dem Tod. Auch darüber können wir nur indirekt und in Bildern reden. Einmal, indem es unsere Erinnerung leitet, dann aber auch, indem es auf die Hoffnung hinweist, die wir an diesem Sarg haben."

Hans blinzelte, drehte den Kopf ein wenig nach rechts, anschließend nach links und musste feststellen, dass er stets dasselbe Bild vor Augen hatte. Er schloss sie, öffnete sie wieder – weiß getünchte Decke und an den bleichen Wänden idyllische Bilder von Sonnenaufgängen am Meer und Booten, die sanft auf den Wellen schaukelten und ihm Übelkeit bereiteten. 'Standbild! Die Welt steht still. Gefroren … erstarrt, oder bin ich es, der gestorben ist?', fragte sich Hans, jetzt wie damals und wartete auf den Tunnel, das Licht, die Eltern, die ihn begrüßten und ins Paradies begleiteten. Er tastete nach seinen Beinen, drückte sie, fühlte seine Finger. Alles schien in Ordnung und plötzlich, als die Erinnerung einsetzte, ergab alles einen Sinn. Leise hob er den Oberkörper, sah aus dem Fenster und langsam kehrte er in die Wirklichkeit zurück. Die Hand tastete über das Bettgestell. Er stand auf, spürte, wie sich sein Herzschlag beschleunigte, und schritt dann quer durch den Raum zur Tür. 'Erfahrung!', durchzuckte ihn ein Gedanke. 'Sie ist der Schatz, das Wertvollste im Leben, und gründet darauf nicht alles Sein? Dostojewski: Er stand bereits am Pfahl, die Henkersknechte bereit ihn zu töten, als buchstäblich in letzter Sekunde die Begnadigung eintraf, der Tod in Leben umgewandelt wurde. Tief greifende Erlebnisse … gravierende Erschütterungen der Seele; Erfahrungen wie die von Dostojewski oder der von ihm durchlittenen Stunden in Todesfurcht reißen schmerzvolle Wunden in das Bewusstsein, bis in die verborgensten Winkel. Die schöpferische Quelle sprudelt …', analysierte Hans in schonungsloser Selbstbetrachtung und rief sich ungewollt DeQuincey ins Gedächtnis, der Opium in tödlichen Dosen konsumierte, nur um den kreativen Born nicht versiegen zu sehen. 'Ich', folgte Hans dem Gedankenstrang, verwundert darüber, dass ihm die Essenz des Erlebten erst jetzt, wenn auch unvollständig, seltsam bruchstückhaft, wie Aufputschmittel ins Bewusstsein tröpfelte und die Risse der Gewohnheit, der Illusion mit dem Leben zufrieden zu sein, vergrößerte und ihm einen ersten flüchtigen Blick auf die Wirklichkeit dahinter offenbarte. 'Ich darf hoffen, wurde ich doch in letzter Sekunde aus den Fängen des Henkers errettet.' Hans stöhnte innerlich auf, insgeheim dankbar, dass er derart radikal an sein neues Werk und zukünftiges Leben herangeführt wurde.

Plötzlich fand er sich auf dem Friedhof wieder. Allein. Ziellos schlenderte er die Gräberreihen entlang, die teilweise verdorrten Pflanzen und Blumen boten in ihrer Schmucklosigkeit einen traurigen Anblick, und wenn er die Grabsteine betrachtete, das Alter der Verstorbenen, pendelte es um die Mitte der siebziger Jahre ein, trotz der Ausreißer: Kinder, deren Gräber mit Bildern geschmückt waren, Jugendliche, zu früh dem Leben entrissen, um in mehr als der Erinnerung der Eltern weiterzuexistieren. Hinter ihm läuteten die Glocken, und als Hans den Kopf wandte, verließ die Trauergemeinde die Kirche. Nestor löste sich aus der Gruppe, eilte auf ihn zu.

"Du siehst elend aus, Hans. Willst du nicht ins Gasthaus, dich ein wenig hinlegen?", schlug er vor, den Blick auf Hans`s blasses Gesicht gerichtet, dessen Arme kraftlos an den Seiten herabhingen, und er las darin die Angst vor der Erinnerung, einer Erinnerung an Schrecken, die bis jetzt über ihm geschwebt waren wie die verdorrten, gespenstischen Äste der Tanne neben ihm. Leise Atemzüge, unterbrochen von Stille, andächtigem Lauschen und einer aus zerstörter Hoffnung gewebten Furcht, die kälter und unerbittlicher in die Glieder kroch als alles um ihn herum. Sich an einem Grabstein festhaltend, schüttelte Hans den Kopf, deutete mit dem Kinn in Richtung Sybilles Grab und machte einen Schritt vorwärts. Gemeinsam gingen sie hinüber.

'Tod und Vergänglichkeit', dröhnte eine Stimme und löste in Hans eine Euphorie aus, die ihn rauschhaft umfing und fortriss. 'Der Roman, ein Werk wie eine Offenbarung, unsterblich im Gegensatz zum

Leben, diesem flüchtigen Gastspiel, und die erhoffte Ewigkeit, die der Pfarrer jetzt beschwor, als könne sie den Prozess der Verwesung in immerwährende Jugend ummünzen; ein Trugschluss wie das Vergessen, dem der Einzelne früher oder später anheimfällt. Den verzweifelten Kampf des Menschen', sinnierte Hans und fühlte, wie die Energie aus dem Boden in seine Füße und von dort in den Körper zurückströmte, als sauge er Sybilles nur im Diesseits versiegte Lebensenergie in sich auf, 'so wie er dort oben in der Hütte gewütet hatte, wollte ich in eindrucksvollen, ja beschwörenden Bildern, schwarz auf weiß dokumentieren. Die vergebliche Suche nach Auswegen, im Schnee eingeschlossene Gebete, die Furcht vor dem Tod und die proportional dazu sich verringernde Zukunft; Vorstellungen, Träume, Karriere, das Gefühl zu lieben, selbst geliebt zu werden, der Geruch der Natur im Frühling, wenn sie aus dem Winterschlaf erwacht, die Wärme der Sonne, das nervtötende Klingeln des Telefons zur Unzeit, all die banalen Alltäglichkeiten des Lebens, ihr sanftes, teilweise hektisches Hinundherwogen, Ebbe und Flut vergleichbar oder Freude und Trauer, dieses Morgen zerbröselte wie trockenes Brot.'

Erde fiel seltsam hohltönend auf den Sarg, als sei er leer, eine verlassene Hülle und Sybille längst im Himmel, dort oben, wo das Blau so kräftig und strahlend ist, dass es in den Augen schmerzte, weil er ihren Geist beherbergte, und dessen Anwesenheit jeder der Trauernden spürte. Mutter Hansen grub die kleine Schaufel in die trockene Erde, die Augen gerötet und unentwegt 'das arme Kind' murmelnd.

Ein Strauß Sommerblumen folgte der Erde und plötzlich stand Hans an dem dunklen Loch, diesem alles verschlingenden Moloch, der unschuldige Kinder ebenso fraß wie alte, kranke, vom Leben aufgezehrte Menschen; ein Konglomerat des Todes, der verwehenden Gesichter, und jetzt hörte Hans es, das Stundenglas, worin das Leben zerrinnt, das Stoffliche zerfällt; er konnte es hören – eine liebliche Melodie.

'Was bleibt von mir?', kaute Hans den Gedanken wieder, drehte die Schaufel mit der Oberseite nach unten und wie Sand rieselte die ausgetrocknete Erde über Sybilles Sarg, die Blumen, die bereits die Köpfe hängen ließen, Abschiedsgeschenke, Erinnerungen an Freunde, damit Sybille sie nicht vergaß. Hans Finger spielte unbewusst mit der Schaufel, er starrte ins Grab hinab, bis Nestor ihn behutsam zur Seite nahm und ihm die Schaufel entwand. Wie in Trance verharrte er zwei Schritte neben Nestor, bevor dieser ihn vorwärts schob, er mechanisch Hände schüttelte, Familie Erdmann, Eris kondolierte. Das Denken fiel ihm jetzt schwer; ein langsamer, mühseliger, fast quälender Vorgang, so als wäre für jeden Gedankengang die Aneignung des Regelwerks der Grammatik notwendig. 'Ich bin ich', suggerierte sich Hans zähflüssig und der Gedanke stellte das Ergebnis einer Suche nach Worten dar, die ihn definieren sollten; ein Exodus in unentdecktes Land, wo verdrängte Begebenheiten den Wegesrand säumten; schreckliche Erlebnisse, Gedanken, derer wir uns schämten. 'Ich bin ich', wiederholte er nachdenklich, die Stirn in tiefe Falten gelegt, wobei er die Krawatte lockerte und den ersten Knopf seines Hemdes öffnete, 'und dieses Ich ist erfinderisch, wenn es um die Vertuschung der Wahrheit geht. Die Schleier der Maya; ein Tuch aus Illusion, gewebt aus Fäden der Wirklichkeit, damit kleiden wir uns. Das Ich steht auf tönernen Füßen, der Boden ein engmaschiges Netz aus Betrug und falschen Indizien, und aus dem Untergrund quillt wie Morast in sumpfigem Gelände ein uns fremdes Wesen mit eigenen Wünschen und Beweggründen. Erde zu Erde', flüsterte Hans und der Klang seiner Stimme erschreckte ihn, 'so brüchig und atemlos', fand er. 'Der Mensch ist aus Erde gemacht und zu ihr wird er zurückkehren; des Sonnenkindes Nachtmeerfahrt, nur mit dem Unterschied, dass sie verwandelt, nicht zerstört, den Glauben stärkt und nicht zerbricht. Jeder kommende Tag', führte Hans den Gedankengang fort, 'wirft ein bleicheres Licht auf die Welt, in dessen Schein der Glanz der Dinge weniger strahlt; das Netz der Illusion bröckelt auf der dunklen Seite, und kein Sonnenaufgang heilt die bedrohlichen Wunden. Nichts währt ewig.'

Ein subtiles Unbehagen warnte ihn; dennoch vergingen Sekunden, bis er aufblickte. Bemüht, seine Unpässlichkeit zu verbergen, versuchte er ein Lächeln, hob in einer hilflosen Geste die Arme und ließ sie achtlos fallen, als ob jemand die Fäden durchtrennt hätte.

"Kommst du noch mit?", fragte Eris besorgt und gab ihren Eltern mit einem Zeichen zu verstehen, dass sie gleich nachkomme.

"Ich weiß nicht, Eris. Die Hitze … irgendwie macht sie mir heute zu schaffen", erklärte er ihr und blinzelte in die Sonne. Eris nickte, senkte den Kopf, bis ihr Blick nicht über die Spitzen ihrer Schuhe hinaus reichte, sie dabei zaghaft nach seiner Hand griff und sie behutsam drückte. Wortlos ging sie davon, schloss rasch zu ihren Eltern auf und hakte bei der Mutter unter, sie stützend in ihrem Kummer und zugleich Kind, das Unterschlupf und Geborgenheit suchte.

"Geht schon vor", sagte Hans zu Nestor und Alois, die neben ihm standen, zwei schwitzende Gesichter, die auf Wellen schaukelten wie tanzende Masken. Er musterte sie, suchte vergeblich in ihren Zügen, den Verwerfungen zahlloser Jahre, nach den Menschen, die mit ihm in der Hütte eingeschlossen waren. Sie existierten nicht mehr, waren dort oben zurückgeblieben, begraben unter Tonnen von Schnee, zerborstenen Balken und bis dahin unerfüllten Hoffnungen und Wünschen. Das Unglück hatte sie, und wie er jetzt begreifen musste, auch ihn, verändert.

"Wann fährst du?", fragte er Nestor, holte sein Taschentuch heraus und trocknete sein Gesicht.

"So gegen fünf Uhr, dachte ich."

"Gut", antwortete Hans und kickte einen Klumpen Erde fort, der zerplatzte und fortspritzte wie Perlen eines gerissenen Armbandes.

"Ist dir nicht gut?", wiederholte Alois seine Frage von vorhin. "Du siehst merkwürdig aus."

"Nein!", wehrte Hans energisch ab. "Die Hitze und mir ist plötzlich etwas in den Sinn gekommen … Spätestens in einer Stunde habt ihr mich wieder auf dem Hals", verkündete er, mit einem aufgesetzten Grinsen, das fröhlich aussehen und über seinen wahren Zustand hinwegtäuschen sollte.

"Aber wenn etwas sein sollte, du weißt, wo wir zu finden sind", bedrängte ihn Nestor, klopfte ihm auf die Schulter und ging mit Alois in Richtung des Ausgangs davon.

Behutsam, als begehe er ein Unrecht oder könnte ihren Schlaf stören, überbrückte Hans die kurze Distanz zu Sybilles Grab. Die aufgeschichtete Erde, zwei mit grüner Folie abgedeckte Schutzwälle, nur gegen was oder wen, fragte er sich, den Tod, das Leben? Jetzt lagen Kränze darauf, große und kleine, mit schwarzen Bändern und weißer Schrift: In Liebe, ewigem Angedenken, wir vermissen Dich, und aus allen sprach die Fassungslosigkeit über ihren frühen Tod, wobei das Wort Selbstmord gemieden wurde, als handelte es sich dabei um eine gefährliche Krankheit, deren Nennung bereits Ansteckung bedeutete. Der Sarg, ein braunes Gebilde mit goldenen Beschlägen, umweltfreundlich hergestellt und selbst die Kissen und Decken, die Sybille zur letzten Ruhe betteten, belasteten die Umwelt nicht.

Sie lächelte tapfer, das müde Gesicht tief im Kissen versunken, die rechte Hand verkabelt und über einen dünnen Schlauch tröpfelte aus der an einem Gestell befestigten Plastikflasche Nährlösung in ihren Körper. Hans rückte den Stuhl an ihr Bett, hob Obst und Multivitaminsaft hoch, bevor er sie auf dem Nachttisch ablegte und sagte: "Wie geht es dir?" Sybille zog die Decke von ihrem rechten, dick eingebundenen Fuß. "Sie mussten zwei Zehen amputieren", erklärte sie ihm mit schwacher Stimme und kämpfte gegen die Tränen an. "Zum Glück nicht der Große, sonst könnte ich ohne Prothese überhaupt nicht mehr laufen." Sie versteckte ihn wieder. Aus den Augen, aus dem Sinn, hatte er damals gedacht und aufmunternd ihren Arm gestreichelt. "Ich habe fürchterliches Zeug geredet", entschuldigte sie sich, wandte den Kopf ab und blickte aus dem Fenster; draußen schneite es. "Nestor war gestern hier", sagte sie unvermittelt. "Zum Glück ohne seinen Koffer", fügte sie hinzu und musste trotz der Umstände lachen. "Eris hat mir erzählt, dass einige der Männer über sein unvernünftiges Verhalten geflucht hätten, weil er partout den Koffer nicht loslassen wollte. Hat sich daran festgeklammert wie ein Kind an der Schürze der Mutter oder ein Demonstrant an das Objekt seiner Verteidigung." Sybille schniefte, blickte ihn an und stellte mit einem Unterton in der Stimme fest, der ihn hätte aufhorchen lassen sollen: "Schön, dass es dir und den anderen gut geht. Eris hat außer ein paar Schrammen nur einen verstauchten Fuß, Alois vermutlich nur einen gehörigen Kater und Nestor, zwei oder drei abgebrochene Nägel davongetragen, und du, Hans?", fragte sie und ließ ihren Blick über seinen Körper wandern. "Gebrochene Rippe, ein paar Prellungen, der Rücken lädiert, nichts Ernstes, solange ich nicht lache", hörte er sich antworten. "Nestor", sagte Sybille und berichtete von den Besuchen, "diese rastlose Seele ist bereits zum nächsten Gastspiel unterwegs. Irgendwo im Norden, ganz in der Nähe, wo er aufgewachsen ist und sich zum ersten Mal verliebt habe, aber psst", meinte sie, den

Finger an die Lippen gelegt und dabei über das ganze Gesicht wie ein Honigkuchenpferd gestrahlt. "Tja, die Katrin', hat Nestor geseufzt und mir von ihrer gescheiterten Ehe berichtet, und wie sein Leben wohl verlaufen wäre, wenn er damals nicht fortgegangen, sondern sie geheiratet hätte. Alois", sagte sie und legte den Kopf zur Seite, "kam hier hereingeschneit wie ein Unwetter, fröhlich und voller Tatendrang; nichts mehr übrig von den Selbstzweifeln, der Niedergeschlagenheit über sein vergeudetes Leben, wie noch Tage zuvor. Hat mich umarmt, mir einen Kuss auf die Nase gedrückt und die letzten Tage, als die bedeutsamsten in seinem bisherigen Leben bezeichnet. 'Sie', brüllte er in seiner euphorischen Stimmung, sodass ich fürchtete, gleich stürme ein Trupp Pfleger ins Zimmer, um mich zu beschützen, 'haben mir die Augen geöffnet, Sybille!', sagte er in eindringlichem, fast beschwörendem Ton, wie der Pfarrer von der Kanzel herab, der die Gemeinde zu mehr Nächstenliebe mahnte: 'Ich war blind! Ein Narr! Erst jetzt begreife ich wirklich das uns umfassende Sein und …', irgendwann habe ich den Faden verloren, und als er es bemerkte, lächelte er sein Lächeln, streichelte mir gedankenverloren über die Wange und in seinen Augen schimmerte ein verlorener Glanz. 'Ich melde mich!', schrie er zum Abschied 'Und du bekommst natürlich mein Buch!', rief er noch zwischen Tür und Angel und weg war er. Meine Schwester, Eris, du müsstest sie eigentlich noch getroffen haben … nein, macht nichts … jedenfalls will sie plötzlich etwas Vernünftiges machen, Abitur nachholen oder eine Ausbildung beginnen. Schluss jetzt!", sagte Sybille Eris Stimme nachahmend, und grimmige Entschlossenheit sprach aus Eris Gesicht: "Das Lotterleben hat jetzt ein Ende", setzte meine kleine Schwester pflichtbewusst hinzu und benutzte dabei dieselben Worte wie ihre Mutter. Vater wird sich freuen; sein Liebling kommt endlich zur Vernunft. Jetzt kann er sie vollends in sein Herz schließen", meinte Sybille sarkastisch, mit starrem Blick wie eine Schlafwandlerin, die Augen auf Hans gerichtet, zwei Röntgenstrahlen, die ihn mühelos durchdrangen und in die Vergangenheit blickten. Plötzlich blinzelte sie, sah ihm in die Augen: "Ein neuer Roman?"

"Vielleicht", antwortete er ausweichend, weil er es selbst nicht wusste, die Vorkor Reihe allmählich ihren Reiz für ihn verlor, ausgereizt war, wie er seinem Verleger gegenüber nicht müde wurde zu betonen, der sich Argumenten unzugänglich zeigte, sie mit einer abfälligen Geste abtat und Fortsetzungen forderte, weil die Reihe ein kommerzieller Erfolg mit steigenden Leserzahlen war. 'Dämonen sind in, Hans, und weshalb die Kuh nicht melken, solange sie Milch gibt?' Er hatte es, wie Hans des Öfteren feststellen musste, mit Kühen; seine Frau, diese blöde Kuh, eine stehende Redensart, belegte vor der dummen Kuh im Vorzimmer, die keinen Brief fehlerfrei tippen konnte, den ersten Platz. Männer hingegen waren Schweine und je schwächer die Verkaufszahlen ihrer Bücher wurden, desto mehr degradierte er sie zu nutzlosen Schweinen oder ausgebrannten Säuen, die sich lieber auf Partys suhlten und diesen Dreck einwarfen, anstatt einen guten Roman zu schreiben, den sie ihm, der so viel Verständnis und Geduld mit seinen Autoren hat, seit Monaten versprachen. Nur wenn das Gespräch auf seine Töchter kam, sechs und sieben Jahre alt, zauberte die Vorstellung dieser beiden Engel ein überirdisches Leuchten in seine Augen, milderte die Aggressivität bis zur Sanftheit buddhistischer Mönche und vor väterlichem Stolz, der inneren Erregung, der jeden Gedanken an sie begleitete, begann er zu lispeln, manchmal zu stottern, wie früher in der Schule, als sie ihn damit gehänselt hatten. "Irgendwie", sagte Hans und entblößte die Zähne, habe ich zulange unter Dämonen und Vampiren gelebt."

"Ja", antwortete Sybille gedehnt und gähnte lustlos. "Glaubst du, dass man nach so einem Erlebnis, einfach in sein altes Leben zurück kann? Ich meine", fügte sie hastig wie zur Erklärung hinzu, "verändert die Nähe des Todes nicht alles; rückt das Leben in ein anderes, bisher unbekanntes Licht? Ich", fuhr sie im Selbstgespräch fort, ohne seine Antwort abzuwarten, "werde vermutlich Ende der Woche entlassen und die Geschäftsleitung erwartet, dass ich am Montag im Büro bin. Sie bedauern: '… aber die Marktlage erlaube keinen Aufschub' und sollte ich – kurzes Schweigen – 'aber Sie machen das schon, Frau Erdmann. Wir verlassen uns da ganz auf Sie.' – Hüsteln, wieder Schweigen – 'Gute Besserung!', ein Knacken in der Leitung, dann meine Sekretärin, die mich auf den neuesten Stand brachte und davon in Kenntnis setzte, dass sie mir alles Wichtige per E-Mail zugesandt habe. Über Jahre soll ich mich dafür aufgerieben, meine Freizeit …

mein Leben geopfert haben?", fragte sie Hans, sich selbst und indirekt die Entwicklung in den westlichen Industriestaaten. Sie schüttelte den Kopf, wischte die trüben Gedanken wie ein lästiges Insekt beiseite. Ihre krustig aufgesprungenen Lippen bebten vor unausgesprochenen Worten, als wollten sie gegen ihren Willen heraus, und ihre Augen rollten in den Höhlen wie Kieselsteine. Es war die Art von Ängstlichkeit oder Hilflosigkeit, die man mit Kindern verband. "Genug Trübsal geblasen; vermutlich geht es mir bereits besser, sobald ich hier heraus bin. Ich konnte Krankenhäuser noch nie leiden, allein der Geruch nach Desinfektionsmitteln, Kranken und brr …" Sybilles Körper erzitterte. "Meldest du dich mal? Es würde mich freuen, ehrlich …" Sie verstummte, kämpfte erneut mit den Tränen, klammerte sich, als er sie zum Abschied umarmte, mit der freien Hand an seinen Körper. Er hörte ihr Herz schlagen, fühlte ihren heißen Atem auf seiner Wange, und als er sich von ihr löste, sah sie zum Fenster, bis hinter ihr die Tür ins Schloss fiel.

Acht

Drückend heiß lastete der Sommer auf der Stadt, den Menschen und Tieren. Vor einem der Häuser saßen zwei alte Frauen, die sommerwelken Gesichter unter blauweiß karierten Kopftüchern, und strickten bunte Socken für die Enkel, dachten: 'Will der Regen, denn nie kommen?' Ein schmutziger kleiner Junge spielte zu ihren Füßen mit einem Ball und im Eingang lehnte ein Mädchen, wartete auf ihre Mutter, die in Naumburg beim Arzt war.

Knarrend schwang das Gartentor auf, als es Hans mit dem Fuß anstieß. Er blieb an der Haustür stehen, wartete fünf Minuten, dann zwang er sich zu klingeln. Ein Wesen öffnete die Tür, klein, mit goldenen Zöpfen, einem Eis in der Hand, und musterte ihn neugierig aus runden, unentwegt blinzelnden Augen.

"Kommen Sie herein", sagte die Kleine und gab den Weg frei. Es roch nach Zigaretten, frischem Kaffee und billigem Parfüm. Stimmen, Geschirrgeklapper, Kuchengabeln, die über Teller schabten, letzte Reste zusammenkratzten, und das Geplapper von aufgeregten Kinderstimmen, die an einem Extratisch kauerten und sich gegenseitig mit Kuchen bewarfen. "Benehmt euch anständig!", mahnte eine Frauenstimme, streng, fast erbarmungslos, und eine andere fiel ihr ins Wort: "Ach, lass doch die Kinder, Martha."

"Hans!", rief Eris erfreut, als sie ihn sah, erhob sich von ihrem Platz am oberen Ende der Tafel, zwängte ihren Körper wie eine Schlangentänzerin zwischen Stühlen, Taschen und Möbeln hindurch und begrüßte ihn, indem sie ihn umarmte, an ihr Herz drückte. "Schön, dass du noch gekommen bist", sagte sie und strahlte ihn an. "Wie geht es dir? Besser?"

"Die Hitze", entschuldigte er sein seltsames Verhalten am Friedhof, "die Beerdigung, irgendwie ist plötzlich alles über mir zusammengestürzt." Eris nickte. Die Antwort schien ihr Erklärung genug zu sein, um bei ihr Entwarnung zu geben.

"Nestor hat dir einen Platz frei gehalten. Bis später.

Ich muss zurück", sagte sie und blickte über die Schultern auf ihre Eltern. "Mutter ist völlig mit den Nerven runter. Wir sehen uns, ja?"

"Versprochen", antwortete Hans, spürte, wie der Druck ihrer Hände auf seiner Schulter schwand, und kämpfte sich zu Nestor durch.

"Kaffee?", begrüßte ihn Nestor undeutlich mit vollem Mund.

"Danke."

"Und?", wollte Alois wissen, der sich lieber an Bier und Schnaps hielt, "wieder ganz der Alte? Hast uns ja einen gehörigen Schrecken eingejagt. Was war denn los?"

"Nichts, Alois. Nur die Hitze", erwiderte er ausweichend und einen Moment starrte er Alois aus toten, verlorenen Augen an, blinzelte erregt und ließ seltsam kraftlos den Kopf sinken. Hans konnte das langsame Nachlassen der Anspannung fühlen, die ihn wie Heuschnupfen bei Pollenflug heimsuchte, wenn er sich unter fremden Menschen aufhielt. Nestor schenkte ihm ein, häufte zwei Stück Kuchen auf seinen Teller, während Hans zu Eris hinüber sah. Sie war schmäler, als er sie in Erinnerung hatte, hübscher und ihre Haare, jetzt kurz, waren gefärbt. Ihr Vater unterhielt sich mit ihr, vereinzelte, wie unter Schmerzen geborene Wörter, begleitet von leeren Gesten, ein gebrochener alter Mann. Neben ihm ein jüngeres Ehepaar, die unentwegt die Nase zusammensteckten, leise tuschelten. Sie dunkelblond, überaus reichlich proportioniert, stupsnasiges Gesicht und er im dunklen Anzug, mit offenem Hemd, unordentlich herabhängenden Haaren und einem Blick, der ebenso unappetitlich war wie die Art, wie er den Kuchen ins sich hineinstopfte. Ein Stück weiter die Tafel hinunter, nach zwei unauffälligen Ehepaaren, die schweigsam ihren Kaffee tranken, geräuschlos den Kuchen teilten und aus strengen, aber teilnahmslos blickenden Augen die Trauergemeinde in Augenschein nahmen, ein schlaksiger Typ, groß, kräftig, mit krausem, zu Berge stehendem Haar, als hätte er ein Gespenst gesehen, der zwischen zwei Bissen Grimassen zog und die Kinder an ihrem Tisch damit zum Lachen brachte. Am unteren Ende, zwei Gesichter, die er von Fotografien her kannte, die neben zahllosen anderen auf der Kommode standen, die der Trauergemeinde ebenso weichen musste wie die Couchgarnitur, der Fernseher und ein Ungetüm von Gummibaum. Die Schwester von Sybilles Mutter, nebst Mann, einem IT-Spezialisten, der es mit Datenbankprogrammen zu bescheidenem Reichtum gebracht hatte und der jetzt nur noch gelegentlich arbeitete, seine Zeit lieber am Meer verbrachte, Drinks in sich hinein schüttete und mit weniger Erfolg als im Beruf, den Schönen der jeweiligen Länder hinterher lief. Seine Frau, ein pausbäckiges, rundes und gemütlich wirkendes Wesen, mehr Bedienstete als Frau, die sogenannte gute Seele im Hintergrund, die Erfolg ermöglichte, jedoch stets im Dunkeln blieb, ein Nachtschattengewächs, das aus Gewohnheit am Leben und an der Seite ihres Mannes ausharrte. Die Anwesenden auf seiner Seite bestanden aus Händen, Wortfetzen, die getragen von süßlichem Parfum zu ihm herüberwehten und von der Beerdigung erzählten, den schönen Worten des Pfarrers, der in den letzten Jahren doch recht alt geworden war, über Sybille, ihren plötzlichen Tod, der, so ihre einhellige Meinung zweier sabbernder Greise, nicht verwunderlich war, nachdem was man so in der letzten Zeit über sie gehört hatte, bis zu den bedauernswerten Eltern, dem unbeschreiblichen Unglück und wie sehr sie sich doch freuten, dass Eris wieder zu Hause bei ihren Eltern lebte, sozusagen in den Schoß der Familie zurückgefunden habe und ihnen so in dieser schweren Zeit beistehen konnte. Das gute Kind hat es auch nicht immer leicht gehabt, meinte eine Frau mittleren Alters und sah zu Eris hinüber, die ihrer Mutter ein Taschentuch reichte, damit sie ihr Gesicht trocknen konnte.

"Weißt du", sagte Nestor unvermittelt, "als ich dir von Katrin erzählte und dass ich vielleicht sesshaft werde, da ist mir mein Vater wieder eingefallen, wie er in seiner Werkstatt saß, eigentlich ein mit Werkzeug und Materialien vollgestopfter Kellerraum, wie er so dasaß, in seinem karierten Freizeithemd, der alten Seemannshose und den um mindestens zwei Nummern zu großen Pantoffeln, eingekeilt zwischen Maschinen, Kartoffelständern, Bier und Weinkisten und an seinen Puppen bastelte, da wirkte er glücklich. Irgendwo unter den ganzen Materialien spielte ein Radio, spielte die neuesten Schlager rauf und runter und Vater summte die Melodie mit und schnitzte Köpfe, Arme, Füße und selbst die Kleider hat er eigenhändig auf einer alten Singermaschine genäht. Zu Weihnachten hat er sie verkauft, stand dick eingemummelt, Wollmütze, Schal, Handschuhe, hinter dem alten Tapeziertisch, der dafür eigens mit Geschenkpapier beklebt worden war, trat, von Kälte getrieben, von einem Fuß auf den anderen und schlürfte seinen heißen Tee, den Mutter oder ich stündlich anschleppten. Jaaa", seufzte Nestor, der in Gedanken neben seinem Vater stand, die Puppen zurechtrückte und im selben Takt von einem Bein auf das andere hüpfte. "Ein kleines Theater mit Werkstatt, Ruhe und ... Ist das zu viel verlangt, in meinem Alter, Hans? Nächstes Jahr werde ich fünfzig", jammerte er, als spüre er die Last der Jahre. "Und Norddeutschland ist nicht das schlechteste Pflaster. Nun ja! Kochen können sie nicht", lachte er und klopfte Hans mehrmals auf die Schulter.

Alois, der unbemerkt aufgestanden war, kam mit zwei Bierflaschen zurück, nahm ein Glas aus der Mitte des Tisches und schenkte Hans ein. "Hier!", sagte er und hielt es ihm unter die Nase. "Das hilft dir über den Berg. Prost!", rief er, stieß sein Glas gegen das von Hans, der nur daran nippte. Angeregt durch Nestor, musste Hans an seinen Vater denken, klein, zierlich, mit schmalen Händen und Fingern, die so zerbrechlich wirkten wie Meissener Porzellan und Schrauben, so winzig, dass sie nahezu unsichtbar waren, mühelos in die davor gebohrten Gewinde drehen konnte. Freitags steckten ihm diese Hände das Taschengeld zu, zwei Mark und am Sonntagmorgen zusätzlich zwanzig Pfennige, für die Opferschale der Kinderkirche. Jede Woche dasselbe Ritual; freitags wie sonntags und auf wundersame

Weise damit verknüpft, die Gewissensbisse, wenn er wieder zu schwach gewesen war und zehn Pfennige anstatt Gott dem Kaugummiautomaten geopfert hatte. Die Angst, sein Geheimnis könnte entdeckt und dem Vater hinterbracht werden, ließ ihn sich wie ein Dieb in der Nacht umblicken, wobei er zögerte, überlegte und es nicht als Diebstahl dem Höchsten gegenüber empfand, denn schließlich nahm er ihm nichts fort, sondern opferte nur weniger. So schob er hastig und mit zitternden Fingern die Münze in den Schlitz, drehte in einem Zug den Hebel um 360°, hörte, wie das Geld in die Box fiel und die Kugel gegen die Klappe schlug. Sie heraus nehmen und in den Mund stecken war eines, das schlechte Gewissen, das ihm an diesem Tag bis in den Schlaf folgte, ein anderes.

"Ich muss!", sagte Nestor abrupt und streckte Hans die Hand hin. "Aufbruch zum letzten Abschnitt der Odyssee, wo immer sie enden wird", scherzte er und drückte lange mit beiden Händen dessen Hand.

"Mach`s gut", sagte Hans und fühlte, wie seine Augen feucht wurden. "Und melde dich, sobald du deine Katrin eingefangen hast." Sie blickten einander in die Augen, ein stummes Verstehen, dann riss Nestor sich los, nahm seine Jacke von der Lehne, verabschiedete sich kurz von Alois und ging, Eris zuwinkend.

"Kindergeburtstag", raunte Alois mit einer Stimme, der man anhörte, wie betrunken er mittlerweile war; "Kreischen, Füßegetrappel und Rotznasen, die ständig schniefen, dazwischenrufen und auf die Toilette müssen. Trinken wir auf Nestor!", rief er über den Tisch hinweg und erntete missbilligende Blicke oder stummes Kopfschütteln. "Bist du der Onkel von Julia?", fragte ihn ein höchstens sechsjähriger Junge und zupfte ihn am Hemd, das halb aus der Hose hing. "Was willst du?", fragte Alois mürrisch, wandte dem Kind den Kopf zu und rülpste so laut, dass Bruchteile von Sekunden sämtliche Gespräche verstummten. "Bist du der Onkel von der Julia?", wiederholte der Knirps, unbeeindruckt von Alois` barschen Worten und der widernatürlichen Stille, seine Frage. "Was soll ich sein? Und wer ist Julia? Verschwinde, du Rotznase! Geh zurück an deinen Tisch!", lallte er und schubste den Jungen von sich, der rücklings über eine Handtasche stolperte, hinfiel und sofort zu Weinen anfing.

"Sie ungehobelter Mensch!", fauchte die Frau, vermutlich seine Mutter, zog den Jungen vom Boden hoch, sprach tröstend auf ihn ein und führte ihn zum Extratisch, wo sie das heulende Bündel auf einen freien Stuhl verfrachtete, neben ihm in die Hocke ging und zärtlich über seinen Kopf streichelte, wobei sie Blicke zu Alois herüber schleuderte, denen nichts hinzuzufügen war.

"Komm!", sagte Hans und packte Alois am Arm. "Gehen wir nach draußen! Außerdem hast du genug."

"Genug kann nie genügen", zitierte er einen alten Schlager von Konstantin Wecker, wiederholte die Worte auf dem Weg zur Tür ein zweites Mal, bis in seinem umnebelten Gehirn die dazugehörige Melodie freigelegt wurde und er die Liedzeile nun aus vollem Hals intonierte. "Genug kann nie genügen!", sang Alois, mit der freien Hand das imaginäre Orchester dirigierend, bis sie die Straße erreichten, wo er plötzlich verstummte, würgte und auf den Gehsteig kotzte.

"Das ist mir seit Langem nicht mehr passiert", stotterte er verwundert, wischte sich den Mund sauber und fügte hinzu: "Wahrscheinlich war das letzte Bier schlecht oder dieser Rotzlöffel … der da an mir rumfingerte. Weißt du, was der von mir wollte?", fragte er, den Mund unmittelbar neben Hans` Ohr. "Geh nur! Husch, husch! Ich hab diese trübseligen Gesichter mit ihren noch trübseligeren Lebensgeschichten satt! Bis hier oben … Oberkante Unterlippe", rief er und riss die Arme in die Luft, wobei ihn die plötzliche Aktivität bedenklich ins Trudeln brachte, erinnernd an einen Kutter auf hoher See, sturmgepeitscht, ein Spielball der entfesselten Natur. "Ich geh zurück und vernichte Heinz Abbeizer. Der muss schleunigst entsorgt werden", erklärte er Hans und blickte ihn aus glasigen, milchigweißen Augen an, "bevor er körperliche Schäden verursacht. Hm", stieß er nachdenklich aus, schob den Zeigefinger in den Mund, befeuchtete ihn mit der Zunge und hob ihn in die Luft. "Diese Richtung", stellte er schwankend wie ein Baum im Sturm fest und torkelte zielstrebig davon. Hans sah ihm nach, bis er die Straßenseite gewechselt und um die nächste Ecke gebogen war.

Acht

"Wo ist Alois?", fragte Eris, die unvermittelt hinter ihm stand und die Straße nach ihm absuchte.

"Zurück in den Gasthof."

"Willst du ihn nicht begleiten?", meinte Eris, und Hans entnahm ihrer Stimme, dass sie um ihn besorgt war.

"Was soll ihm schon passieren?", antwortete Hans und hob die Schultern. "Unkraut vergeht nicht."

"Laufen wir ein Stück?", schlug Eris vor und beugte sich mit listigem Lächeln vor. "Dann kann ich der Verwandtschaft zumindest ein paar Minuten entkommen."

Schweigsam gingen sie die Straße entlang, vorbei an dampfenden Häusern, die unter der Hitze litten, an Bäumen mit welken Blättern an kraftlos herabhängenden Ästen. Keine Menschenseele war zu sehen, nur hin und wieder ein Vogel, der am Himmel einsam seine Kreise zog, oder eine Katze, die sich raschelnd ins Gebüsch verkroch. An der Kreuzung blieben sie stehen. Hinter dem braunen Lattenzaun standen einige tote Gladiolenstängel gelb in der prallen Sonne, ein alter verwitterter Stuhl auf den unebenen, mit Unkraut überwucherten Steinplatten, den der vorige Mieter dort zurückgelassen hatte. Eris bemerkte seinen Blick.

"Steht seit Jahren leer, seit Frau Mielke nach dem Tod ihres Mannes zu ihrer Schwester in den Westen gezogen ist. Tragischer Fall. Die Tochter hat sofort nach der Wende rüber gemacht, geriet dort an die falschen Freunde, wurde straffällig – Scheckbetrug, glaube ich – und hat sie sich im Gefängnis das Leben genommen. In der Nacht nach der Urteilsverkündung einfach am Fensterkreuz erhängt. Und Frau Mielkes Mann kam darüber nicht hinweg; starb ein halbes Jahr nach seiner Tochter. Dort, in diesem Stuhl, hat man ihn gefunden; Herzschlag", erklärte Eris und sah das benommene, von Alkohol beseelte Gesicht Mielkes vor sich, die Augen halb geschlossen, den Kopf im Takt zur Klaviermusik hin und her bewegend. Eris schürzte die Lippen. "Niemand wird es kaufen; es wird zerfallen wie der halbe Ort. Wer zieht schon freiwillig nach Nachtkirchen?", fragte sie Hans und grinste: "Außer mir."

Sie bogen ab, ließen die letzten Häuser hinter sich. Das Kreischen eines Vogels folgte ihnen und in der Nähe eines Baches, jetzt ein kümmerliches Rinnsal, bückte sich Eris, zupfte einen Grashalm, klemmte ihn zwischen die Handballen und blies eine schauerliche, Gänsehaut erzeugende Melodie. Sie mussten beide lachen.

"Hast du Sybille in der letzten Zeit gesprochen?", wollte sie wissen, starrte ihn neugierig an, wobei sie mit der Schuhspitze einen Stein hin und her schob. Ihre Frage überraschte ihn.

"Nein. Das letzte Mal vor drei oder vier Monaten, als sie die Arbeit bei Wiesenthal, dieser Spedition angenommen hatte."

"Was hat sie dir erzählt – ich meine", Eris zögerte, den verzweifelten Blick ins Nichts gerichtet, "außer dass sie bei Wiesenthal eine Beschäftigung gefunden hatte?"

"Wenig, Eris. Nur dass sie umgezogen sei: 'Wegen der hohen Mietkosten', die sie sich jetzt nicht mehr leisten könnte, dringend der Ruhe bedürfe und am liebsten für längere Zeit, 'Zwei, drei Monate', wie sie meinte, 'ins Ausland gehen würde. Irgendwohin wo es warm ist, die Sonne vierundzwanzig Stunden am Tag scheint und nichts und niemand etwas von mir will.' Sie hat mich gefragt: Findest du das verrückt?', und als ich ihr antwortete, dass ich das ganz und gar nicht verrückt fände, im Gegenteil eine Auszeit gut heißen würde, wenn sie nicht gerade diesen Job angefangen hätte, lachte sie und legte auf."

"Nachdem sie aus dem Krankenhaus entlassen wurde", erzählte Eris, wobei sie ihre Schritte wieder aufnahm und in einen gleichmäßigen Trab fiel, "hat sie umgehend ihren Chef angerufen und ihm mitgeteilt, dass sie pünktlich am Montag auf der Matte stehe. Sie hat sich – als ob das Unglück dort oben nie geschehen wäre – in ihre Arbeit gestürzt, sechzehn Stunden am Tag, nur mit dem Unterschied, dass irgendein Dämon in ihrem Kopf erwacht war, der ihr Leben zusehends infrage stellte. Zuerst hat sie ihn betäubt, zwei Gläser Wein und ein paar Beruhigungstabletten, damit sie überhaupt schlafen, seine geflüsterten Zweifel zumindest für Stunden zum Schweigen bringen konnte. Morgens zum Wachwerden und um dem Tag, den Anforderungen ihrer Stellung, gerecht zu werden, Aufputschmittel – der bekannte Teufelskreis. Unkonzentriertheiten, Fehlentscheidungen, nach drei Monaten zog die Geschäftsleitung die Konsequenzen und man trennte sich von ihr im gegenseitigen Einverständnis. 'Zehn

Jahre für den Arsch, entschuldige die Ausdrucksweise, aber genau so empfinde ich nun mal', schluchzte sie am Telefon, 'für ein überdurchschnittliches Zeugnis und ein paar Tausend Euro.' Ich glaube, das hat Sybille den Rest gegeben und wenn nicht, dann hat sie ihr sogenannter Freund, dieses Speichel leckende Muttersöhnchen, vollends aus der Bahn geworfen."

"Sie hatte einen Freund?", unterbrach Hans sie und musste sich eingestehen, dass ihn die Mitteilung etwas aus der Fassung brachte, ihn selbst im Nachhinein peinlich berührte. "Davon wusste ich nichts", haspelte er verwirrt.

"Norbert von Hohenstein", ergänzte Eris, zerkaute den Namen, ehe sie ihn ausspuckte. "Wenn man schon Norbert heißt", lästerte sie amüsiert und wütend zugleich. "Alter Adel. Der Stammbaum reicht bis Christi Geburt zurück – mindestens, ausgedehnte Ländereien, Sektkellerei, diverse Beteiligungen an weltweit operierenden Unternehmen, kurz gesagt: Der alte Sack ist stinkreich, ein Charmeur alter Schule, gut erzogen, für mich etwas zu schleimig, aalglatt eben, so ein Rock-Hudson-Typ, groß, kräftig, fülliges dunkles Haar und ein Händedruck wie die Traubenpressen in seinem Betrieb. Norberts Mutter, habe ich nur ein Mal kurz gesehen, glitzerte wie ein Weihnachtsbaum – nein, kein Doris-Day-Verschnitt." Sie lachte glucksend auf und fuhr fort: "Eher klein, mütterlicher Typ, blonde, schulterlange Haare, dezent geschminkt, mollig, trotz Yoga und Fitnesscenter, und wenn sie nicht raucht, ihre Zigarettenspitze spazieren trägt, dann schleppt sie diesen schleifenbehängten Köter mit sich herum, der ebenso dümmlich blickt wie sie. Und zuletzt Norbert, dieser geschniegelte Lackaffe, diese lächerliche Kopie seines Vaters, brr. Ich verstehe bis heute nicht, was Sybille an ihm gefunden hat?"

"Liebe, Geborgenheit, Verständnis?"

"Liebe! Eher Förderung. Zu dieser Zeit gab es für sie nur die Karriere. Hast du nie ein Bild von ihm in der Zeitung gesehen?"

Hans verneinte.

"Kennst du Alfred E. Neumann?"

"MAD Heft? Meinst du den?"

"Er kommt ihm nahe. Jedenfalls dachte sie nach ihrer Entlassung, dass er, beziehungsweise sein Vater ... Pustekuchen. Weißt du, was er stattdessen getan hat, dieser miese Feigling? Angerufen hat er sie, was von Umständen und Zwängen gefaselt und dass es besser wäre, sich in der nächsten Zeit, besser noch künftig, nicht wieder zu sehen. Das war alles. Wahrscheinlich stand Papi neben ihm und hat dem Sohnemann den Text ins Ohr geflüstert. Im April haben wir uns hier getroffen. Der Frühling auf dem Land ist eine Zeit, in der das Land sich lautlos wandelt. Die Austriebe an den Bäumen, die länger werdenden Tage mit ihrer endlos scheinenden Dämmerung und nächtlichem Regen, der den Flieder blühen lässt. In der Stadt ist es anders, lauter und überall das Gedudel von Musik, gemischt mit Gesprächsfetzen, die aus geöffneten Fenstern dringen und dort mit dem Geräusch des Verkehrs kollidieren. Die Menschen sitzen in Cafés, flanieren die Straße entlang, begutachten die Frühlingsmode und

Kinder auf Skatern kurven viel zu schnell durch die Reihen der Passanten, und wie auf dem Land die Natur erblühen hier Geschäftsideen. Hier entschädigt einen der Sternenhimmel für den grellen Schein der Stadt und …", Eris seufzte lang anhaltend, "irgendwann gehe ich trotzdem zurück. Wo war ich … ach ja! Sybille war enttäuscht, müde, aber entgegen meiner Erwartung alles andere als verzweifelt. 'Schwesterchen', sagte sie mit diesem Denen-zeige-ich-es-Blick, 'Morgen, wenn ich will', meinte sie selbstsicher und schnippte mit den Fingern, 'habe ich die gleiche Position wie bei Holtmann und diesen Idioten von der Geschäftsleitung, allen voran Horst Sinkewitz. Dem Namen bleibt nichts hinzuzufügen', merkte Sybille sarkastisch an und mit einem Ausdruck im Gesicht, den ich noch nie an ihr wahrgenommen habe. Verachtung sprach daraus, Wut und, wie ich zu spät bemerkte, bereits erste Spuren von Resignation. Sie blieb zwei Wochen hier, ärgerte Mutter und mich mit ihrem wachsenden Unmut, während sie mit Vater unentwegt stritt. Sie verschwand über Nacht und – lass mich nachdenken – fast acht Monate hörten wir nichts von ihr. Kein Brief, kein Anruf, weder bei Mutter noch bei mir, und selbst ihre früheren Bekannten konnten uns ihren Aufenthaltsort nicht mitteilen. Sie war wie vom Erdboden verschluckt und Mutter heulte den ganzen Tag, beklagte ihr Schicksal, stand morgens bereits am Fenster und wartete auf den Postboten, das Telefon griffbereit auf dem Fenstersims. Zu Weihnachten tauchte sie plötzlich aus der Versenkung auf, fuhr hier hupend mit dieser roten Rostlaube vor, schwang ihr Handtäschchen und zupfte ihre Kleidung zurecht. 'Schwesterchen', flötete sie und verdrehte die Augen, als müsse sie jedes Wort an mich ihrem Herzen abwringen: 'Hol doch mal die Päckchen aus dem Wagen.' Nuttig, dachte ich, ihr Äußeres, und ich sollte mich nicht täuschen. Sie ging zwar nicht auf den Strich, aber sie ließ sich von einer Handvoll Männer aushalten. 'Schwesterchen', sagte sie in dieser herablassenden Art, als sei ich ihr Sklave oder der Knecht der Familie. 'Jetzt bezahlen sie für ihr Verhalten und nicht zu knapp', fügte sie hinzu, kippte ihren Drink hinunter und lachte dieses obszöne Lachen. 'Außerdem, das Leben ist zu kurz, und wie wir erlebt haben, kann es von einer Sekunde zur nächsten vorbei sein. Also mach dich locker, Schwesterchen, und genieß die Zeit, solange du jung bist und die Männer verrückt nach deinen Titten.' Sie war völlig verändert. Vulgär und … als hätte ein zweites Ich ihren Körper besetzt; Dr. Jekyill, während Sybille schlief oder tatenlos mit ansehen musste, wie der Dämon Schritt für Schritt ihr Leben ruinierte. Der Rest ist schnell erzählt", meinte Eris mit einem verstohlenen Blick auf die Uhr. "Oh! So spät schon! Wir müssen zurück. Mutter wartet sicherlich; sie braucht meine Hilfe für das Abendessen."

Sie drehten um, marschierten nun zügiger dem Ort zu, der in einem Kilometer Entfernung lag, die Häuser wie an einer Schnur aufgereiht nebeneinander.

"Ihr unrühmlicher Auftritt endete an Mutters Geburtstag und vermutlich atmeten mehr Leute im Ort auf als Vater und ich. Gelegentlich rief sie mich an, berichtete von den Typen, mit denen sie herumzog, dass sie ernsthaft Arbeit suche: 'Ehrlich, Schwesterchen', Zitat Sybille, dann die gute Nachricht von der Anstellung bei Wiesenthal, und als Mutter kaum aufgeatmet hatte, stand im Mai die Polizei aus Naumburg vor der Tür, klingelte Sturm und sagte, dass Sybille Erdmann im Elisabeth Klinikum in Berlin läge und ihr Zustand kritisch sei. 'Mehr', sagte der Beamte in höflicher, aber bestimmter Form, 'kann ich Ihnen zu diesem Zeitpunkt leider nicht mitteilen, weil die Ermittlungen noch nicht abgeschlossen sind.' Vater konnte so kurzfristig keinen Urlaub bekommen, also verfrachtete er Mutter und mich in Naumburg in den Zug und beschwor uns, sofort anzurufen, sobald wir Näheres wüssten. Sie sah fürchterlich aus", sagte Eris mit gedämpfter Stimme, griff nach seiner Hand, spürte seine Finger zwischen ihren, den beruhigenden Druck, den sie ausübten. "Das Gesicht geschwollen, unförmig, rot und blau gefärbt, die Nase gebrochen und auf Stirn und Wangen verschorfte Wunden. Sie schlief, als wir das Zimmer betraten, uns neben das Bett setzten und abwechselnd sie und den Tropf beobachteten, die langsam nach oben kriechenden Luftblasen. Sie stöhnte im Schlaf, murmelte Unverständliches und plötzlich schreckte sie auf, blinzelte, sank erleichtert in die Kissen und dann erst nahm sie uns wahr. Mutter gegenüber sprach sie von einem Überfall, dass drei Jugendliche sie niedergeschlagen und ihre Handtasche geraubt hätten, doch als ich Sybille am kommenden Tag alleine besuchte, erzählte sie eine andere Version der Geschichte. 'Sag Mutter nichts davon", beschwor sie mich und erst jetzt bemerkte ich die Würgemale an ihrem Hals. Wie klein sie wirkte, zusammengesunken, als hätte der Übergriff ihre Lebenskraft gedrosselt und so doppelten, ja dreifachen Tribut gefordert und sich nicht nur auf ihr Fleisch, sondern auch auf ihre Psyche niedergeschlagen. 'Wir haben uns am See verabredet', schilderte sie stockend die Ereignisse und ihre Augen schienen mit dem Erlebten Verbindung aufzunehmen, es war, als durchlitte sie das Schreckliche noch einmal. 'Am See', wiederholte sie und stieß einen Seufzer aus, so jammervoll, dass er aus den tiefsten Tiefen ihrer Seele zu kommen schien. 'Hinten bei der alten Anlegestelle, wo früher die Boote der Angler im Sonnenlicht auf den Wellen tanzten; heute liegt sie verlassen da, seit es das Gasthaus auf der anderen Seite gibt. Der Weg … Trampelpfad ist halb zugewachsen und nur Liebespaare, die ungestört sein wollen, kämpfen sich durch das dornige Gestrüpp. Wir wollten feiern, meine neue Stelle, nach der ich so lange vergeblich gesucht hatte, und Siggi versprach sich um alles Notwendige zu kümmern, Getränke und Pillen um die Stimmung aufzuheizen. Weißt du, Schwesterchen', meinte sie und brach in schauriges Gelächter aus, 'ich dachte an ein romantisches Picknick; Abenddämmerung, Kerzenschein, ein bisschen Gras, Wein und wer weiß … Als Siggi endlich kam, fast eine Stunde später, mit Ralph und Werner im Schlepptau, grinsten sie breit, fläzten sich neben mich und packten aus. Bier, Whiskey und bunte Pillen, Stimmungsaufheller der übelsten Sorte. Mir wurde sofort schlecht. 'Trink!', befahl Siggi und drückte mir die Whiskeyflasche an den Mund. 'Na mach schon! Zierst dich doch sonst nicht so.' Spätestens in diesem Moment hätten bei mir sämtliche Alarmglocken läuten müssen', sagte sie und fuhr mit einer nervösen Geste durch ihr fettiges Haar. 'Ich bin so müde, Schwesterchen ... Ralph ist ein Arschloch, dazu brutal und dafür bekannt, dass er leicht ausrastet. Irgendwann, nachdem Alkohol und Tabletten bei ihm seine Wirkung entfaltet hatten, packt er mich am Kopf, zieht mich an sich und versucht mir seine Zunge in den Mund zu stopfen. Lass das!, habe ich ihm gesagt und ihn mit beiden Händen weggedrückt. Siggi versucht noch zu beschwichtigen und Werner grinst geil, sabbert wie ein Baby und starrt mir auf den Busen. Ralph sagt nichts, zündet sich stattdessen eine Zigarette an, raucht wie ein Stier, schüttet den Rest des Whiskeys in seinen Rachen, rülpst, sieht mich an, lächelt gefährlich und ... bevor ich reagieren kann, schlägt er mir die Faust ins Gesicht, wirft sich über mich, reißt meine Bluse auf. 'Sei still!', faucht er erregt, mit kalter Stimme, zerrt ein Messer aus der Hose und durchtrennt mit einem Schnitt meinen BH. 'Ein Wort, und ich schlage dir den Schädel ein oder zerschneide dein hübsches Gesicht!', zischelt er und nestelt an seiner Hose. Siggi protestiert zaghaft, sieht dann weg und Werner fallen fast die Augen aus dem Kopf, als er meinen nackten Busen sieht. Diesmal bist du an den Falschen geraten, denke ich noch, und vermutlich ist das die gerechte Strafe für die vergangenen Monate, fahre ich in meinen Überlegungen fort, während Ralph rammelt wie ein räudiger Hund, dabei meine Busen knetet wie Teig und ständig keucht: 'Das gefällt dir doch. Das gefällt dir doch.' Als er fertig ist, fällt er einfach zur Seite, überlässt Werner den Platz, der stumm, leise hechelnd sein Geschäft verrichtet. Danach beweist mir Ralph, dass er mehr als ein Mal kann. Siggi ist mittlerweile aufgestanden, zum morschen Bootssteg hinaus gegangen ... ich sehe seine Silhouette im Mondlicht, als Ralph wie ein Berserker zustößt, mich fast bis zu Besinnungslosigkeit würgt, ehe er erschöpft über mir zusammensinkt. Später kauert Siggi neben mir, raucht und vermeidet jeden Blickkontakt. Er sieht auf als Ralphs Gesicht über mir auftaucht: 'Kein Wort!', mahnt er. 'Sonst prügel ich dir dein bisschen Hirn aus deinem verfickten Schädel!' Zur Warnung drischt er mir die Faust ins Gesicht, tritt mir in die Seite; zum Glück bin ich sofort weg. Als ich wieder zu mir komme, ziehe ich mich an, schlüpfe in die zerrissenen, dreckigen Kleider und gehe im Schutz der Nacht, von Schmerzen gekrümmt, zum Wagen, den sie Gott sei Dank unbeschadet gelassen haben.' Sybilles Mund zuckte, ihre Augen verdrehten sich, gefangen von dem inneren Bild, und in die dröhnende Stille führte sie ein paar hilflose Gesten aus, Zeugnis ihrer seelischen Verfassung. Ihr Gesicht, Hans, es verzerrte sich zur Fratze, die Schweißperlen glitzerten im Sonnenlicht, der Hass wogte in ihrer Brust, ihr Mund öffnete sich weit und sie brüllte ihren Schmerz mit einem einzigen Schrei hinaus, der schrecklicher war als alles, was ich zuvor gehört und gesehen habe." Leise, so als schliefe der Abendwind mit Einbruch der Dämmerung sanft über den Feldern ein, verstummte Eris und blickte mit glasigen Augen zu ihm auf.

"Sie ist nicht selbst zur Polizei gegangen", vermutete Hans, was Eris mit einem Nicken bestätigte.

"Nein, das Krankenhaus hat sie verständigt. Ich habe sie gedrängt – vergeblich. Wir haben täglich telefoniert, sie sagt, es gehe ihr gut und sie würde schon damit klarkommen. Ich sollte die Eltern beruhigen, die darauf drängten, dass sie Anzeige erstattete. Du weißt, wie es ist, Hans – aus den Augen aus dem Sinn. Der Kontakt schlief ein und", sagte Eris zögerlich, lauschte ihrem Gewissen, das von Versäumnissen sprach, von der Schwester, die sie mit ihrem Kummer alleine gelassen hatte, als diese sie am meisten gebraucht hätte, und Hans fühlte, wie die beständigen Einflüsterungen sich mit ihren Selbstvorwürfen zu einem Strick verflochten, der sie täglich mehr strangulierte, ihr die Kraft zum Leben auspresste, "ich hätte zu ihr fahren sollen … dann wäre alles anders gekommen; Sybille noch am Leben."

"Ich glaube nicht", erwiderte Hans, ohne jeden Unterton in der Stimme, mit ehrfürchtigem Respekt vor der Verstorbenen, auch wenn er ihren Selbstmord verurteilte oder zumindest nicht gutheißen konnte, "dass deine Anwesenheit ihren Entschluss maßgeblich beeinflusst hätte; vielleicht hinausgezögert, Eris – mehr nicht."

"Trotzdem", beharrte Eris auf ihrer Meinung, "sie hätte sich nicht umgebracht; davon bin ich überzeugt."

Schweigsam erreichten sie die Häuser, ließen die Felder, das hohe, ihren Stimmen lauschende Gras hinter sich, vertauschten es mit den gepflegten Vorgärten, in denen die Frauen mit Gießkannen die Blumen, deren Köpfe sich kraftlos der aufgeplatzten Erde zuwandten, und die Beete mit dem Gemüse, Blumenkohl, den Tomaten, Bohnen, Gurken, gossen. Kinder hüpften ausgelassen um die Bäume, Himbeersträucher und Gartenmöbel herum, kreischten, knickten Äste, wurden zur Ordnung gerufen und hielten keuchend für kurze Zeit inne, tranken Gläser voll Limonade und kaltem Tee, ehe sie gestärkt von Neuem weitertobten. Trotz der Hitze mähte ein vielleicht dreizehnjähriger Junge den Rasen, schob von Hand das verrostete, bei jeder Umdrehung der Räder quietschende Gerät in krummen Reihen von links nach rechts, die Schirmmütze tief ins Gesicht gezogen, damit der Vater nicht den Unmut in den Zügen sah. Ein paar Häuser weiter verbrachte ein jüngeres Ehepaar den Feierabend auf der Terrasse; sie schälte Kartoffeln und er, mit umgebundener Schürze, T-Shirt, der Aufschrift 'I love New York', obwohl er noch nie dort gewesen ist, den Urlaub seit der Kindheit, seinem Wesen, der Gewohnheit gehorchend, immer in Warnemünde und im selben Hotel verbrachte, feuerte den Grill an und trank dazu, wie jeden Tag, nachdem er zu Hause und frisch geduscht den Feierabend in gewohnter, beschaulicher Heiterkeit abarbeitete, sein wohlverdientes Bier. Mimi, die Katze, die ihnen vor Jahren zugelaufen und seither fester Bestandteil ihrer Lebensgemeinschaft ist, obwohl sie in den ersten Wochen für heillose Unordnung in ihrem fest gefügten Tagesablauf sorgte, mittlerweile integriert und nicht mehr wegzudenken, das kleine Luder, so einhellig ihre Meinung, strich schnurrend um seine Beine. Vor dem Haus von Eris` Eltern reihten sich die Wagen aneinander, ließen das Blech knacken, warteten auf die Kühle der Nacht und ihre Besitzer. Vor der Tür versperrte ihnen ein Knäuel Kinder den Weg, forderte Wegzoll oder ersatzweise Eis.

"Ich muss Mutter helfen", sagte Eris, stieg auf die Zehenspitzen und hielt über die Köpfe der mittlerweile ausgelassenen Trauergemeinde Ausschau nach dem Hut ihrer Mutter. "Sehe ich dich später noch?", fragte sie und winkte ihrer Mutter.

"Petra wird bereits auf mich warten", antwortete Hans mit sorgenvollem Blick auf die Uhr. "Aber wir fahren morgen erst gegen Mittag."

"Du hättest deine Frau ruhig mitbringen können", hörte er Eris rufen, die in die Küche eilte, um dort bei den letzten Vorbereitungen für das Abendbrot zu helfen, einem überschaubaren Büffet, das in ihrer Abwesenheit vom Party Service Mollenkopf in Naumburg geliefert worden war.

Hans drückte sich durch die Tür ins Wohnzimmer, das umgeräumt worden war, und links, gegenüber der Fensterfront zum Garten, hatten die fleißigen Helfer vom Party Service verschieden große Platten, Schüsseln und Körbe arrangiert, gesunde Hausmannskost: Wurst, kleine Kreise, in denen kunstvoll geschnitzte Tomaten, Radieschen und Granatäpfel angeordnet waren – Letztere als Zeichen des erlesenen Geschmacks des Hausherrn –, Kartoffelsalat mit Speck, Wurstsalat mit und ohne

Blutwurst, dazu geröstetes Weißbrot, inzwischen etwas versteinert, das bei jedem Bissen knirschte, als mahlten die Zähne Beton, Häppchen, belegt mit Lachs, Käse, Wurst, Sardellen, Trauben, Gurken, zu Türmen aufgespießt, welche die Backen blähten und die Mühe erkennen ließen, mit der vor allem die Frauen der Vielfältigkeit sowohl des Geschmacks wie auch der Menge, Herr zu werden versuchten. Am Ende der Tafel, zu geometrischen Mustern drapiert, Gläser, Sprudel, Bier, Wein, Saft und Cola für die Kinder, die zunehmend ruhiger und müder wurden und nach dem ersten Teller teilweise auf ihren Stühlen einschliefen.

"Die heiße Schlacht am kalten Buffet", summte Hans den alten Reinhard-Mey-Schlager, von dem ihm nur die erste Strophe des Refrains in der Erinnerung haften geblieben war, als der erste Ansturm vorbei war und er die Überreste sondierte. Nachdem er die Reste des Kartoffelsalats zusammengekratzt und mit den letzten überlebenden Wurststreifen – ohne Blutwurst – auf seinen Teller gerettet hatte, stellte er ein paar Häppchen dazu, aufgereiht wie stramme Wachsoldaten, und setzte sich auf einen gerade frei gewordenen Stuhl am Fenster nahe der Tür. Sybilles Mutter und Eris schleppten, vergleichbar dem Strom hungriger Ameisen, Nachschub herein, empfingen dankbar lächelnd das Lob der Trauernden über das ausgezeichnete und so reichhaltige Buffet, ohne zu bemerken, dass die zweite Generation an Köstlichkeiten aus den Regalen von Aldi stammte.

Wenig später, die Uhr zeigte bereits nach acht, dankte er Eris` Eltern, sprach noch einmal sein Mitgefühl aus und verabschiedete sich, bevor sie davoneilten, weil die Rufe nach Getränken, in Form von Husten, aufgrund der trockenen Luft zum Ausdruck gebracht, ihre persönliche Anwesenheit erforderten.

Die Sonne senkte sich bereits gefährlich nah dem fernen Horizont zu, färbte Teile des Himmels orange, hellrot, das bald zu einem dunklen Rot anschwellen würde. Draußen war es noch immer warm, als Hans die Jacke auszog, die Krawatte aufschnürte und leicht angeheitert die Straße hinab Richtung Gasthof tänzelte. Falsch und laut pfiff er die Melodie von 'Die heiße Schlacht am kalten Büfett', wechselte dann zu anderen Schlagern über, die ihm in den Sinn kamen, ohne dass er Titel, Interpret oder Text wusste, bis er seinen Wagen auf der Straße erkannte und Petra, ähnlich dunklen Gewitterwolken, am Horizont seines Bewusstseins heraufzog. Das Geräusch eines aufheulenden Motors, der innerhalb weniger Augenblicke die Geschwindigkeit drosselte, brachte Hans zurück in die Realität, wo Benzingestank mit den Gerüchen des Sommers von Gewürzsträuchern, Blumendüften und frisch gewässerter Erde konkurrierte.

Neun

Im Gastraum tummelten sich nur wenige Männer. Die übliche Besetzung, Stammkundschaft, die schweigsam und trostlos dreinblickend über ihren Bieren hingen. Alois war nicht unter den Anwesenden. Hans grüßte den Wirt, eilte in den hinteren Teil und stieg die steile Treppe hinauf. Vor dem Zimmer hielt er inne, atmete mehrmals tief ein und aus, bevor er die Klinke drückte und hörte, wie Petra im Bad den Hahn aufdrehte. Wasser rauschte und ging in unregelmäßiges Plätschern über, als er leise ins Zimmer trat und die Tür lautlos hinter sich schloss. Er setzte sich auf das Bett, betrachtete seine Hände, warf Jacke und Krawatte neben sich und wartete wie ein Schuljunge, den der Lehrer beim Abschreiben erwischt hatte, auf das Unausweichliche. Das Wasser wurde abgedreht, das Geräusch eines Schraubverschlusses, dann stand Petra im Rahmen und blickte, wobei sie weiter ihr Gesicht eincremte, mit diesem Gesichtsausdruck, den er so gut kannte und hasste, auf ihn herab.

"Da bist du ja endlich! Seit heute Nachmittag warte ich auf dich. Erst schleppst du mich in dieses Kaff und dann kann ich den ganzen lieben Tag lang diese verdreckten Wände anstarren oder alternativ die Anzüglichkeiten der Gäste anhören", kläffte Petra vorwurfsvoll, die Augen gefährlich funkelnd, wobei ein lieblicher Zitronenduft von ihr aus das Zimmer durchströmte.

"Erstens bist du freiwillig mitgefahren und zweitens bist du heute Morgen gegangen. Aber müssen wir das jetzt diskutieren? Ich bin müde", verteidigte sich Hans, streifte die Schuhe von den Füßen und begutachtete ein Loch im Socken, das seinen großen Zeh zur Hälfte entblößte.

"Typisch! Du weichst mir aus; ziehst dich in dein Schneckenhaus zurück. Ich bin dir doch völlig gleichgültig!", warf Petra ihm zum tausendsten Mal vor, drohte mit dem Finger und fügte gefährlich leise hinzu: Seit diesem Unglück hast du dich verändert ... bist ... bist ...", sie rang um Worte, "nicht mehr derselbe."

"Das kommt dir nur so vor", erwiderte Hans, kämpfte sich seufzend vom Bett hoch, trottete wie ein alter Hund zum Fenster und starrte auf den im Dämmer liegenden Hof hinunter. Auf dem Gang ertönten Schritte, er konnte das Knarren von Brettern hören, bis sie am Ende des Korridors verstummten; Schlüsselgeklapper, als der Anhänger gegen das Holz schlug, leises Quietschen der Türangel, kurzes Verschnaufen, erneutes Quietschen, als sie geschlossen wurde. Hans vergrub die Hände in den Taschen, wartete auf Petras nächsten Angriff, ihre haltlosen Vorwürfe.

"Oh nein, mein Lieber!", bellte sie, rauschte ins Bad, betrachtete ihr Äußeres, bürstete ihr Haar und schien mit dem Ergebnis zufrieden. "Seit damals interessierst du dich nur für deine Schreiberei. Tagelang verkriechst du dich in deinem Zimmer ... ich sehe dich nur zum Essen und wenn es darum geht, dich zu diesen langweiligen Stehpartys zu begleiten." Petra stampfte mit dem nackten Fuß auf den Boden; ihr Blick kratzte über seinen Rücken. "Du könntest mich zumindest ansehen!"

"Was willst du?", fragte Hans sie zum wiederholten Mal, drehte sich widerwillig um und setzte sich auf das Fenstersims.

"Das fragst du mich?", erwiderte sie gereizt und flog auf ihn zu, stand so dicht bei ihm, dass er unter dem Geruch von Zitrone ihren eigenen riechen konnte. Ihr Haar stand widerborstig ab, Reste von Creme schimmerten weiß unterhalb ihres Ohres. Sie stemmte die Fäuste in die breiter werdenden Hüften und keifte: "Du benimmst dich wie ein kleiner Junge!" Die Resignation in ihrer Stimme verstärkte deren Pathos. "Was du brauchst, ist keine Frau, sondern eine Mutter, die dich vierundzwanzig Stunden am Tag umsorgt."

Hans wagte nicht zu widersprechen, ertrug stumm ihre Vorwürfe, Kaskaden an Beschuldigungen und blickte nachdenklich und hilflos zugleich auf ihre schwarz lackierten Fußnägel, dachte an Vorkor, seinen Dämonenfürsten, und dessen Worte: 'Was sie will, kann ich ihr nicht geben; meine Liebe liegt zertrümmert wie tot in der Erde, umkränzt von welken Blumen. Ich sollte sehen, aber hartnäckig verweigern mir die Lider ihren Gehorsam, und wenn ich antworten, sie bitten will, dann verschließt Moos meine Lippen.' Die Liebe, erkannte Hans nicht zum ersten Mal, war fort, und aus ihrem Zerfall sprossen Unverständnis, das Bedürfnis allein sein zu wollen und eine unbestimmte Sehnsucht, die ihn vorwärtstrieb wie ein gehetztes Tier, in ein Morgen, die Auferstehung des Gestern.

"Ich kann nicht mehr, Hans", schnaubte sie und ihre Arme fielen wie überreifes Obst herab, "und ich will auch nicht mehr. Du verkriechst dich in dein Schneckenhaus, lässt niemanden herein und ich bin nicht bereit, jeden Tag zu Hause zu sitzen und dein Schweigen zu ertragen."

Ihr Schlafanzug klaffte auf, entblößte ihre rechte Brust; ein Schauer überlief sie, dann verschwand sie aus seinem Bewusstsein. Wie vorher in der Kirche, eigentlich seit Wochen nach ihren Auseinandersetzungen, schwindelte ihm, mischte sich die Vergangenheit mit dem Jetzt, degradierte ihn zum Spielball innerer Kräfte, verurteilte ihn zum Zuschauen ohne Möglichkeit auf Begnadigung. Die Gedanken sprudelten zähflüssig, Kunst ist Ausdruck verdrängter Traumata, behaupteten sie, für die uns die Worte fehlen. Schreiben ist Sprache der Sprachlosigkeit und jedes Wort beraubt dich ein Stück weit des Geheimnisvollen; zerrt mit Gewalt dein wahres Selbst ins Tageslicht. 'Schlafende Hunde', dachte Hans, 'sollten besser nicht geweckt werden … Schrieb er deshalb? Seine Zunge klebte am Gaumen; er schwitzte.

"Was ist?", fragte Petra und berührte ihn zaghaft an der Schulter. "Du bist plötzlich kreidebleich."

"Es ist nichts", wehrte Hans ab, der vergeblich nach ihrem Gesicht Ausschau hielt, "ein kurzer Schwindel … vermutlich die Hitze … der Alkohol …"

"Komm! Leg dich auf das Bett", sagte Petra besorgt, packte ihn unter den Achseln und führte ihn zum Bett.

Hans spürte, wie sein Oberkörper rückwärts fiel, jemand seine Beine hob; Stimmen drangen auf ihn ein, besorgte, erregte, tadelnde Stimmen und geflüsterte, drohende, mahnende Worte, entblößt von jeder Körperlichkeit, schwebten gesichtslos im Raum, aufgescheuchte Gedanken, wirbelnd, flatterhaft, bedeutungslos, trotz der Wahrheit, die ihnen anhing, sie beschwerte, am Davonfliegen hinderte. Das Gesicht der Mutter, zu monströser Größe aufgebläht, sein Gesichtsfeld füllend, ihre Augen auf das Schulheft, die Hausarbeiten gerichtet. 'Sauklaue!', formten die schmalen, blutleeren Lippen und er, vor Angst gelähmt, den züngelnden Drachen beobachtend, dessen Ursprung in der Hölle wurzeln musste und der zuweilen aufblitzte wie blanker Stahl in der Mittagssonne. 'Und gehen schreibt man in diesem Fall klein, es ist ein Tunwort.' Der Kampf mit dem Drachen, über Jahre ausgefochten, doch Siegfrieds Sieg war ihm nicht vergönnt gewesen. 'Ich', behauptete ein Gedanke in Hans, 'bin kein furchtloser Krieger, meine Hand zittert, das Schwert bleibt stumpf. Du bist auf dich allein gestellt', fuhr die Stimme emotionslos fort, 'Hilfe steht nicht bereit.' Der Vater, der so gern lachte, tauchte nur sporadisch in der Erinnerung auf, blieb seltsam blass, unscheinbar wie sein Auftreten in der Öffentlichkeit und sein Wirken in der Firma als Außendienstler. 32 Jahre bei Heller & Co., 11688 Tage, abzüglich Urlaub, Wochenende und Feiertage, in demselben Wirkungskreis und dem Ausdruck gleichgültiger Betriebsamkeit, sowohl im Gesicht wie in der gesamten Körpersprache, spulte er sein Pensum herunter, gleich einer Lokomotive, die von Kinderhand in Gang gesetzt, zuerst wegen ihrer gleichförmigen und präzisen Dynamik bestaunt, dann eben wegen dieser Eigenschaften vergessen wurde und seither im Kreis fuhr. Ein nahezu Fremder, der mit Mutter und ihm an den Wochenenden zu Abend aß, anschließend hinter der Zeitung verschwand, ein lebloser Körper, der wie von Geisterhand bewegt pünktlich zur Tagesschau erwachte, sie wortlos durch Nicken oder Kopfschütteln kommentierend. Ein Fremder, mit dem ihn ein ebenso starkes wie merkwürdiges Gefühl verband, das der Freiheit, der Losgelöstheit von den Dingen, der profanen Wirklichkeit, die ihn täglich umgab und zu erdrücken drohte. Etwas Kühles, Feuchtes wurde auf seine Stirn gelegt. Worte, Schritte, ein Schatten über ihm; sein Kopf schmerzte. 'Es muss der Kreislauf sein', sagte ein Gedanke, 'der Kreislauf.' Benommen schüttelte Hans den Kopf, brachte den Gedanken nicht zu Ende. Das plötzliche Gefühl von Hilflosigkeit fror jede Bewegung ein, während die Welt dort draußen ihr Äußeres änderte, von freundlich auf feindselig umschaltete. 'Du gehörst nicht hierher!', rief sie ihm zu und blähte die Verzweiflung zu ungeheuerlicher Größe auf. Sybilles Sarg, Mutters letzte Heimstatt, austauschbar wie zwei Dias einer Serie. Dreizehn war er gewesen, der Geburtstag lag noch keine Woche zurück, als es geschah. Jählings drehte sich die Welt, schnell wie ein in Bewegung gesetztes Schwungrad, ohrenbetäubender Lärm und etwas zerrte und riss an ihm, schleuderte ihn auf dem Rücksitz zuerst nach rechts, dann wieder zurück, ehe die unbekannte Kraft ihn gegen das eingedrückte Dach des Wagens presste. Eisige Luft vertrieb die Wärme, fror sein Schreien ein. Auf Händen und Knien krabbelte er aus dem Wrack, das wie ein Käfer hilflos auf dem Rücken lag, die Räder drehten sich schabend, bis sie knirschend zum Stillstand gelangten. Mutter lag neben dem Wagen, friedlich wie schlafend, die Augen halb geöffnet, als mustere sie zum letzten Mal ihren Sohn. Ein dünnes Rinnsal Blut lief von ihrem Mund über die Wange und sammelte sich auf dem gefrorenen Boden zu einer sich stetig vergrößernden Lache. Hans streichelte ihren Kopf, entfernte behutsam Gras, Dreck und Glassplitter aus ihren Haaren und wartete, dass sie aufwachte, ihn bei der Hand nahm und mit ihm nach Hause ging. Sie starb fast auf den Tag genau vier Jahre danach an den Spätfolgen des Unfalls; einem Blutgerinnsel im Kopf. Hans fröstelte, tastete nach dem feuchten Tuch, zog es weg und öffnete die Augen.

"Ich wollte bereits den Arzt rufen", meinte Petra besorgt, die neben ihm auf der Bettkante saß, "aber du hast abgewunken und irgendetwas von Beerdigung gefaselt."

"Ich kann später zum Arzt, obwohl ... es ist nichts Körperliches. Die Hitze, Sybilles Beerdigung ... die Erinnerung an das Unglück ... vielleicht habe ich in den letzten Monaten nur zu viel gearbeitet." Hans lächelte, wuchtete den Körper auf der anderen Seite aus dem Bett, ging ins Bad und warf sich ein paar Hände kaltes Wasser ins Gesicht. Sofort fühlte er sich besser.

"Bist du sicher, dass alles in Ordnung mit dir ist?", hakte Petra nach und sah aus dem Fenster, wo die Dämmerung erste Sterne zum Vorschein brachte.

"Mach dir keine unnötigen Sorgen", antwortete Hans, trocknete das Gesicht ab, das ihn aus dem fleckigen Spiegel beobachtete. Achtlos warf er das Handtuch auf den verrosteten, ehemals verchromten Halter, stützte sich schwer auf das Becken und sondierte sein Äußeres genauer. Lediglich ein paar Krähenfüße, sonst keine Zeichen der Alterung, stellte er zufrieden fest und verabschiedete sich von dem sympathischen Burschen mit einer Grimasse.

Petra lag inzwischen auf dem Bett, blätterte in

einer Zeitschrift und ignorierte ihn. Die Lampe auf dem Nachttisch verbreitete einen gelblichen Schein, tauchte den Raum ins Halbdunkel und ließ die Möbel bedrohlich näher rücken. Hans legte sich neben sie, verschränkte die Arme hinter dem Kopf, starrte eine Zeit lang an die Decke, zählte die Flecken von zermatschten Fliegen und fiel, bevor es draußen endgültig Nacht wurde, in einen vom Alkohol geförderten erholsamen Schlaf.

Zehn

Das aufgeregte Gezwitscher der Vögel schreckte Hans aus seinem Traum, in dem er mit Vater quer durch Deutschland fuhr, das Fenster offen, die Haare flatterten im Wind wie winzige Fähnchen und im Gefühl der Freiheit, die übermächtig wurde, versuchte er, unentwegt die Tür des Wagens zu öffnen, um endlich völlig frei zu sein, befreit von allem, den Zwängen, der Jugend, der Mutter, und verzweifelt suchte er nach dem Griff, konnte ihn nicht finden, so sehr er sich auch abmühte, die Freiheit flog vorüber, blieb außen vor, ließ ihn zurück.

Draußen dämmerte der Morgen, als Hans leise aufstand und ins Bad ging. Er fühlte sich wie gerädert und die morgendliche Dusche und Rasur bedeuteten eine Anstrengung. Er dachte an gestern Abend, ordnete die Kleidung vom Vortag, in der er geschlafen hatte, schlich auf Zehenspitzen aus dem Zimmer und als er die Treppe zur Gaststube hinunter und auf die Straße ging, war sein Schritt müde und matt. Am Horizont bauschten sich dunkle Wolken, schwarze Wattebällchen, die endlich Regen und gemäßigte Temperaturen versprachen. Tief sog er die frische Morgenluft in seine Lungen und setzte sich in Bewegung. An der Ecke bog er ab und bemerkte sofort den alten Cadillac. Der Wagen war ein Relikt mit einer liebevoll restaurierten Innenausstattung aus roten Plüschsitzen, die ein paar kahle Stellen aufwiesen, und die Holzverkleidung war mit Öl auf Hochglanz poliert worden. Neugierig umrundete er den Wagen, fuhr mit den Fingerspitzen andächtig über die chromglänzenden Teile und erhaschte eine Ahnung aus der Zeit, als dieser Wagen den Traum sämtlicher Männer verkörperte. Hans schnüffelte an dem spaltbreit geöffneten Fenster, roch abgestandenen Rauch, den schalen Geruch von kalten Sandwiches. Auf dem Beifahrersitz lag die Zeitung vom Vortag: Bundespräsident unter Druck, lautete die Schlagzeile und darunter das Bild eines getriebenen Mannes, der in seiner Erklärungsnot zuerst in Schweigen verfiel und dann in Halbwahrheiten Zuflucht und Rettung suchte.

Mutter Hansen fegte die Stufen, hielt kurz inne, als sie ihn sah und grüßte: "Morgen, Herr Kümmelkorn. Sind früh unterwegs. Wollen wohl bald fort? Kann es Ihnen nicht verübeln", sagte sie und nahm ihre Tätigkeit wieder auf. "Für Städter ist der Ort ein Graus. Hier geht man mit den Hühnern ins Bett und steht mit ihnen auf. Kommen Sie herein!", forderte sie Hans auf, lehnte den Besen an die Wand neben den Stufen und fügte hinzu: "Oder gehen Sie nur ein paar Schritte spazieren, bevor es wieder heiß wird?"

"Ehrlich gesagt", antwortete Hans wahrheitsgemäß, "habe ich nicht darüber nachgedacht." Er lächelte wie ein unbeholfener Schuljunge. "Außerdem gibt es heute ein Gewitter", verkündete er, "der Himmel dort hinten ist ganz schwarz, voll dunkler Wolken."

Mutter Hansen lächelte und erwiderte: "Junger Mann, sie sind eben nicht von hier. Die paar Wolken frisst die Sonne schneller fort als Sie ein warmes Brötchen aus dem Ofen oder ein süßes Stückchen." Sie hielt die Nase in die Luft, schnüffelte, erinnerte dabei an Hunde, die an Bäumen nach Artgenossen suchten, oder verliebte Männer, die am Hals ihrer Frauen hingen und den Duft ihres Parfüms und damit den Geschmack der Angebeteten lobten. "Liegt nichts in der Luft, Herr Kümmelkorn. Kein Regen."

Bimmelnd fiel die Tür hinter ihm ins Schloss und wie gestern wirkte der Laden als Jungbrunnen, versetzte ihn in die Kindheit, übergangslos, ohne Ruckeln oder elektrisches Knistern, das von den Energien kündete, die die Zeitmaschine in Betrieb setzten und seine Teleportation in die Vergangenheit ermöglichten. Hans spürte den Geschmack der prickelnden Brausebonbons, sah die vor Aufregung zittrigen Hände das kleine Papiertütchen halten, darin verborgen der kostbare Schatz, Brausebonbons für zwanzig Pfennige. Die Schule, der vollgepackte Ranzen, das angekündigte Diktat, alles vergessen, hinweggebombt von den platzenden Luftblasen, die im Gaumen kitzelten und die Zunge rot, blau und grün färbten.

"Kaffee?", fragte Mutter Hansen über den Tresen hinweg, wobei sie letzte Hand an die Maschine legte.

"Auch so ein neumodisches Ding", erklärte sie nebenbei, "schäumt sogar Milch auf. Mein Gott, wenn ich da an meine Kindheit zurückdenke. Da hatte die ganze Familie ein klappriges Radio, an dem mein Vater zwanzig Minuten brauchte, bis er den gewünschten Sender gefunden und scharf eingestellt hatte. Sie hätten hören sollen, wie das Ding krächzte und knackte und der Sender mal lauter und dann wieder leiser wurde, sodass man überhaupt nichts mehr verstehen konnte, außer man hielt das Ohr direkt an den Lautsprecher." Sie lachte hell auf, füllte Kaffee in den Vorratsbehälter: "War schon lustig, wie die Familie vor dem Kasten hing, die Köpfe dicht beieinander, die Finger auf die Lippen gepresst, 'psst' zischelnd und so lange es ging den Atem anhaltend." Der Automat röhrte, presste aus zwei Düsen eine braune, schäumende Brühe in die untergestellte Tasse.

"Stückchen dazu? Brezeln sind ganz frisch, handwarm."

Hans nickte. Mutter Hansen reichte ihm die Brezel, nahm die Tasse und stellte sie vor ihm auf den Tresen.

"Jetzt ist die Sybille unter der Erde", sagte sie, seufzte lang anhaltend und dachte an ihren verstorbenen Mann. "So ein junges Ding. Als ich in ihrem Alter war, da hatten wir gerade den Laden hier eröffnet und mein verstorbener Mann war ganz aus dem Häuschen, weil ich doch die Friederike bekam." Sie hielt in der Bewegung inne und ein sanftes, fast jenseitiges Lächeln zauberte für Augenblicke ihre von Jugend und Glück strahlenden Züge von damals auf ihr Gesicht. "Man sieht es mir vielleicht nicht an, aber im Oktober werde ich 79, und wenn es nach meiner Tochter ginge, dann hätte ich den Laden längst schließen und zu ihr nach München ziehen sollen. Schmeckt es Ihnen, Herr Kümmelkorn?"

Hans murmelte ein Ja mit vollem Mund, schluckte den Bissen hinunter und fragte: "Gibt es niemanden im Ort, der den Laden fortführen könnte?"

"Ach wissen Sie, im Grunde lohnt der Aufwand nicht mehr. Früher ja, aber nach der Wende sind die Jungen in den Westen gegangen, und seit es den Supermarkt in Naumburg gibt, fahren die Leute dorthin oder kommen nach der Arbeit ohnehin daran vorbei. Bei mir", erzählte sie und strich eine Strähne aus der Stirn, die sofort wieder herunterfiel, "kaufen nur die Älteren ein, weil sie nur samstags in den Supermarkt kommen und aus Gewohnheit natürlich. Hier können sie ihr Schwätzchen halten, erfahren das Neueste, bevor es in der Zeitung steht. Die Zeiten ändern sich und die Menschen", sprach Mutter Hansen eine alte Weisheit aus und in ihrer Stimme schwang Bedauern mit. "Das ist normal – der Lauf der Dinge eben. Schon in Ordnung", fügte sie wie zur Bekräftigung ihrer Worte hinzu, während Hans den heißen Kaffee schlürfte. Mutter Hansen sah über ihn hinweg, grüßte einen Mann, der mit seinem Hund vorüberging, packte ihren Lappen fester und schrubbte weiter die mit Dekofix bezogene Arbeitsfläche.

Kinderaugen blickten über den Rand der Tasse auf die Regale, wo Schuhcreme, zwei getrennte Türme aus schwarzer und brauner, neben Schnürsenkeln,

Haarspray, Marmeladengläsern: Erdbeere, Waldfrucht, Aprikose, stand; gefolgt von Vogelfutter, das mit den Jodkörnchen, Katzenfutter, Hundecracker für die großen und kleinen Lieblinge, Ravioli und Bohneneintopf, mit besonders großen Fleischstücken, und so ging es weiter, Regal um Regal, bis zu den Spreewälder Gurken, die im Holzbottich neben Waschpulver, Wein-, Bier- und Sprudelflaschen auf dem Boden lagerten.

Eine junge Frau, ihr fünfjähriges Töchterchen hinter sich her ziehend, betrat klingelnd den Laden, grüßte und als Hans noch zur Seite trat, warf sie haspelnd ihre Bestellung an Mutter Hansens Kopf, die alles in eine Tüte packte, der Kleinen einen Lutscher als Wegzehrung reichte und die Kasse mit einem fröhlichen Klingelton scheppernd aufspringen ließ, das Wechselgeld in die Hand der Frau zählte und ihr einen guten Tag wünschte.

"Hat es nicht leicht, die Jutta", erzählte sie und blickte der Frau nach, das Kind hüpfend an der Hand. "Der Mann hat sie wegen einer anderen Frau verlassen, die ein Kind von ihm erwartet und mit der er eine Zukunft aufbauen möchte. Und was wird aus ihrer Zukunft?", fragte Mutter Hansen und schüttelte verständnislos den Kopf.

Der Mann mit dem Hund trat ein, grüßte ebenfalls, legte das abgezählte Geld auf den Tresen, fingerte die Tageszeitung vom Stapel und stolperte samt Hund auf den Gehweg hinaus.

"Noch eine Brezel; Kaffee?"

"Nein, ich muss", antwortete Hans, reichte ihr einen Fünfeuroschein, nahm das Wechselgeld in

Empfang und zögerte. "Würden Sie ihn vermieten, wenn sich ein Interessent finden würde?", wollte Hans, angetrieben von Neugier und Abenteuerlust, wissen, die Klinke bereits in der Hand.

Mutter Hansen musste lachen. "Darüber, Herr Kümmelkorn, habe ich noch nicht nachgedacht. Aber wenn Sie mich so fragen und einen Verrückten finden, der sich gerne ins Unglück stürzen möchte, dann schicken Sie ihn zu mir. Ich werde ihm schon die Leviten lesen und die Ohren lang ziehen, damit er in Zukunft sein Geld besser anlegt und nicht sinnlos verschwendet, es praktisch zum Fenster hinaus wirft."

"In Ordnung", sagte Hans, "ich werde mich umhören."

In der Gaststube traf er auf Alois, der neben der Küche am Tisch saß, seinen Tee umrührte und in einem Glas, wie gestern, drei Aspirin sprudelnd auflöste.

"Hallo", flüsterte er und verzog das Gesicht, als ob er gerade einen Schlag auf den Kopf bekommen hätte. "Setz dich und bitte sprich leise."

"Der Abbeizer?", fragte Hans und grinste amüsiert.

"Lach nicht! Die Lage ist ernst, vermutlich beschissen." Er stürzte die Aspirin in einem Zug hinunter, spülte mit Tee den Zitronengeschmack fort und starrte angewidert auf sein Frühstück. "Ich bekomm nichts runter", jammerte er. "Willst du?"

"Ich habe zwar gerade eine Brezel ... aber gib her, bevor es dich würgt", antwortete Hans und zog den mit Wurst, Käse und drei Brötchen bestückten

Teller zu sich heran.

"Bist du noch lange geblieben, auf der Beerdigung, meine ich?", wollte er von Hans wissen, den Kopf in die Hände gestützt und ihn aus dem linken Auge anstarrend, dessen Lid er mühevoll hochgezogen hatte.

"Bis zum Abendbrot", meinte Hans kauend, "Petra wartete auf mich ... Außerdem war ich gestern nicht ganz auf dem Damm. Die Hitze, Sybilles Beerdigung, dazu die Erinnerungen ..."

"Ja", stimmte Alois ihm zu, und fuhr in Gedanken versunken fort: "Die Zeit danach ... schrecklich. Ich hab viel getrunken, eigentlich war ich nur betrunken und Helen, sie hat zwischenzeitlich die Kinder genommen und war zu ihren Eltern gefahren, sagte, 'sie werde sich scheiden lassen, wenn ich nicht zu Saufen aufhöre und endlich wieder normal werde. 'Ich habe ja Verständnis', brüllte sie vor Wut schnaubend, 'das Unglück ... aber das ist jetzt bald sechs Monate her. Du hast überlebt und das Leben geht weiter. Wann kapierst du das endlich?' Aber das war es nicht, verstehst du, Hans. Das Unglück, die Stunden dort oben, eingesperrt wie Hühner in diesen Legebatterien, ohne große Hoffnung und mit jedem Atemzug kroch der Weiße Tod näher heran ... manchmal träume ich davon, wache schweißgebadet auf, ringe nach Atem und es dauert geraume Zeit, bis ich mich orientiert habe und die Beklemmung nachlässt. Schlimmer empfand ich die Niederlage in Bezug auf meine frühere Theorie. Dort oben und in den Wochen die folgten wurde mir bewusst, dass nie jemand sie wirklich lesen wird und ...

Mein Grundkonzept war neu, aufregend … andererseits unvollständig … und selbst wenn es das nicht gewesen wäre, wer nimmt einen unbekannten Naturforscher, ohne Titel und wissenschaftliche Reputation, zur Kenntnis? Die Frage ist leicht zu beantworten. Allmählich kam ich wieder zur Besinnung; die Ruhe im Krankenhaus und, wie gesagt, die Zeit danach wirkte wie ein Katalysator und 'Peng!', ich fand das fehlende Glied: Die Theorie der Branenwelten – ich erzählte dir ja davon –, veränderte alles, rückte die Welt über Nacht in ein helleres Licht und", Alois nippte selbstvergessen an seinem Tee, "innerhalb weniger Tage skizzierte ich die Grundzüge, und als Helen fort war, fand ich endlich die Zeit, das Ganze niederzuschreiben, auszuarbeiten, eine erste Rohfassung zu erstellen. Und ein Weiteres habe ich erkannt, Werbung, Werbung und nochmals Werbung und", er legte bewusst eine Pause ein, um seinen Worten zusätzliche Bedeutung zu verleihen, "der richtige Verlag. Kein selbst produziertes Buch – nein! Das geht in der Masse unter und Werbung über das Internet kannst du vergessen", fluchte er und winkte ab, "geht ebenfalls in der Masse unter. Ein Verlag", hauchte er andächtig und wirkte, als wäre er in ein stilles Gebet vertieft, "es geht nur über einen Verlag. Verstehst du, Hans? Das Werk ist fertig, wartet nur auf seine Veröffentlichung und es wird, glaube mir, Hans", beschwor er ihn eindringlich, "die wissenschaftliche Sensation des kommenden Jahres. Ein neues Paradigma", schwärmte Alois, krallte die Finger schmerzvoll in Hans` Arm und starrte ihn aus roten, fiebrig glänzenden Augen an. "Du musst mir helfen! Sprich mit deinem Verleger. Und wenn dein Verlag nicht bereit ist … die haben doch Verbindungen, nicht wahr? Kennen sich untereinander und da braucht es doch bloß ein Wort an der richtigen Stelle …"

"Alois! Alois!", unterbrach Hans ihn und entwand ihm seinen Arm. "Es ist gut. Ich habe dir versprochen, ich werde mit meinem Verleger reden, ihm das Manuskript auf den Schreibtisch legen. Aber ich kann nichts versprechen; in Ordnung?", redete er beschwichtigend auf Alois ein, dessen Erregung langsam abebbte und ihn widerstrebend in die Wirklichkeit entließ.

"Gut", erwiderte Alois und wischte mit dem Ärmel über sein Gesicht. "Ich schicke es dir in den nächsten Tagen zu, nachdem ich letzte Hand angelegt habe. Danke", sagte Alois gerührt, verfiel in Schweigen, sah mehrmals ruhelos auf die Uhr, als erwarte er jemand oder zumindest einen Anruf. "Wir sehen uns", meinte er unvermittelt und stand hölzern auf.

"Musst du schon los?", fragte Hans, überrascht durch den plötzlichen Aufbruch, und er widerstand der Versuchung, ihn um eine weitere halbe oder ganze Stunde Gesellschaft zu bitten, damit er nicht alleine hier saß, wenn Petra auftauchte und ihn zum Aufbruch drängte.

"Leider. Ich habe Helen versprochen, pünktlich zu sein und … es ist nicht leicht, nach allem, was zwischen uns passiert ist, wieder zusammenzufinden", warb er um Verständnis, wobei er erregt mit dem Autoschlüssel in der Hand spielte. "Ich höre von dir", sagte Alois und hielt ihm den ausgestreckten Arm hin.

"Natürlich", antwortete Hans, drückte seine Hand, lächelte ihm zu, bis er bei Heinz seine Rechnung beglichen, den Koffer in der einen Hand und die andere zum Gruß erhoben, in der Tür verschwand.

"Könnte ich bitte noch einen Kaffee haben?", rief Hans zu Heinz hinüber, der stumm nickte und sich an die Arbeit machte. Das Gurgeln und Glucksen der Maschine lenkte ihn ab, doch seine Hände wollten nicht aufhören zu zittern, und er sah Heinz, die Gaststube, den Durchgang zum hinteren Bereich mit seinen Zimmern und geheimnisvollen Winkeln nur verschwommen, wie durch Nebelschleier hindurch. Heinz verschmolz, als er die Tasse vor ihn hinknallte, mit dem Hintergrund, der Küchentür, der getäfelten Wand, und als Petra den Gastraum betrat, neben Heinz stehen blieb, wirkten sie wie siamesische Zwillinge, ein missgestaltetes Wesen, halb Mann, halb Frau. Ihre Stimmen wisperten wie Quellwasser, versetzten die Luft, die schwer war vom Geruch von kaltem Rauch, altem Fett und dem modrigen Dunst, der den Wänden entströmte, in Bewegung und ließen sie wie fernes Glockengeläut ertönen.

"Was starrst du mich so an!", bellte Petra gereizt und schob die Überreste von Alois` Frühstück von sich fort. "Kein Müsli, nichts!", keifte sie weiter und warf einen Blick in Hans` halbgefüllte Kaffeetasse.

"Möchtest du?", sagte er und hielt ihr die Tasse hin.

"Verschone mich mit dieser Brühe! Hast du die Maschine gesehen? Die strotzt vor Dreck. Ich hole mir unterwegs eine Kleinigkeit, vorausgesetzt wir fahren jetzt endlich. Oder hast du noch etwas vor?", wollte sie mit diesem schneidenden Unterton in der Stimme wissen, der jedem ihrer grundlos provozierten Streits vorausging. "Mir reicht dieses Kaff!", fuhr sie gereizt fort. "Vom ersten Augenblick an hatte ich es satt! Hast du schon bezahlt?" Sie rutschte aus der Bank. "Lass nur! Hol du die Koffer; ich erledige das. Sonst sitzen wir heute Abend noch hier." Sie ging zur Theke, bat Heinz mit einem erzwungenen Lächeln um die Rechnung und warf Hans mit einer gewissen Distanziertheit einen bis zur Gleichgültigkeit kühlen Blick zu. "Was ist?"

"Nichts", erwiderte Hans und erhob sich, um die Situation nicht völlig eskalieren zu lassen. Er kannte seine Frau, wusste um ihre Ausbrüche, die sie ungeachtet der Öffentlichkeit auslebte. "Ich geh schon!"

"Ich warte draußen im Wagen auf dich", rief sie ihm nach, zählte das Geld auf den Tresen, schüttelte widerwillig Heinz` wabbelige Fettpolster und rauschte wie ein Sturmwind aus der Gaststube.

Hans lud ihr Gepäck in den Kofferraum, klappte den Deckel zu, verharrte schweigend auf der Straße. Ab und zu fuhr ein Wagen vorbei, wirbelte Staub auf, der in der Sonne glitzerte, ehe er auf den Asphalt sank, erneut aufgewirbelt wurde.

"Nun steig schon ein!", forderte Petra ihn entnervt von der Langsamkeit seiner Bewegungen auf, öffnete die Beifahrertür und machte Anstalten einzusteigen. Plötzlich zögerte sie, richtete sich auf und musterte ihn blinzelnd gegen die durch die Wolken brechende Sonne. "Du kannst von mir aus bleiben!", kläffte sie und schlug die Tür zu. "Und in diesem Kaff versauern! Mir reicht es jedenfalls!"

"Hier", sagte Hans ruhig, selbst verwundert über die Gelassenheit, mit der er Petras sezierenden, ihn langsam in Stücke zerteilenden Blick erwiderte und hinzu fügte: "Die Schlüssel. Gute Fahrt."

"Ist das alles, was du zu sagen hast?", schnaubte Petra und riss ihm die Schlüssel aus der Hand. "Glaub ja nicht, dass es damit beendet ist. Für mich jedenfalls nicht!", schrie sie bereits im Wagen sitzend, während sie den Sitz näher an das Lenkrad zog und den Motor startete. "Diesmal bleibt dein unmögliches Verhalten nicht ohne Konsequenz!", drohte sie, ließ die Tür ins Schloss krachen und raste mit durchdrehenden Reifen davon.

Hans blickte ihr nach, bis sie zu einem diffusen Punkt zusammengeschrumpft war, dann drehte er sich um und ging die Straße in entgegengesetzter Richtung entlang, sein bisheriges Leben hinter sich zurücklassend.

Ende

Volker Schopf

Sinnlose Morde

Die Fortsetzung von

Andere Zeiten - Andere Menschen

erscheint 2017.